高建群
精选散文集
（青少版）

读书是件幸福的事

DUSHU SHI JIAN XINGFU DE SHI

高建群 著

陕西新华出版
未来出版社
·西安·

图书在版编目（CIP）数据

读书是件幸福的事 / 高建群著 . -- 西安：未来出版社，2025.7. --（高建群精选散文集：青少版）.
ISBN 978-7-5417-7767-7

Ⅰ . I267

中国国家版本馆 CIP 数据核字第 2024ZM5819 号

高建群精选散文集（青少版）

读书是件幸福的事

高建群　著

出 品 人：李桂珍	总 编 辑：王　元
选题策划：马　鑫　赵党玲	责任编辑：赵党玲
设计制作：萨木文化	印制总监：宋宏伟
发行总监：何华岐	宣传营销：贾文泓　陈　欣

出版发行：未来出版社	社　　址：西安市登高路1388号
电　　话：029-89122930　89120516	字　　数：80千字
印　　刷：西安浩轩印务有限公司	经　　销：全国各地新华书店
开　　本：700 mm×1000 mm 1/16	印　　张：10.25
版　　次：2025年7月第1版	印　　次：2025年7月第1次印刷
书　　号：ISBN 978-7-5417-7767-7	定　　价：35.00元

版权所有　翻印必究（如发现印装质量问题，请与出版社联系退换）

目 录

第一辑 书籍与我
001

- 003 书籍与我
- 008 我的肚子里就是一个图书馆
- 012 有书真富贵
- 016 影响我人生的书
- 020 我的读书生活
- 023 最好的训练
- 025 我没有遇到过一支好钢笔

第二辑

029　老槐树下的茶摊

031　我的饥饿记忆

035　我为什么比别人聪明

044　祖母的爱

048　祖母给我讲的故事

050　高家渡的爷爷

054　大伯的故事

058　鸡命

063　买一张火车票去看母亲

067　家乡的渭河

071　大旱后的雷雨

074　麦子黄了

077　平原水涝

081　茶摊

084　馍馍

088　古老的村庄

093　平原的铃声

095　远山的树

097　故乡的河

102　菜子地里

104　我的儿子正在成长

112　我的堂妹

115　挑食的孩子

第三辑·117 在边疆的岁月

119 关于军训的事

121 一个冬天的童话

131 我的第一次骑马

136 我杀死了三头野猪

142 告别骑兵连

145 侯老大烤肉

150 永恒的女性引领人类

154 荒原童话

第一辑

书籍与我

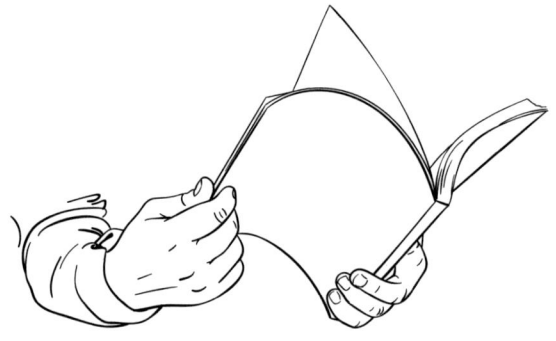

书籍与我

我们的知识大抵来源于两个方面,一个是社会生活,一个是书本。社会生活本身也算一本"大书",我们的阅历便是阅读它的历史。说到书本,萧条异代不同时,世界广阔天各一方,人们不可能面对面地交流他们的思考,于是凭借书本,来和世界对话,和过去对话。而那些古老书籍,从这个意义讲,简直是从前的人们留给我们的遗嘱了。

记不准了,我小时候大约嗜书如命吧。从上小学一年级开始,我的书包就比同学们重了许多,里面最初装的是小人书,后来随着识字渐多,逐渐变成大部头的作品。记得我是上小学期间看过《钢铁是怎样炼成的》《红岩》《我的一家》《林海雪原》等书的。这样,我的数学成绩一直不好,总是徘徊在及格与不及格之间。作为补充，我的作文却特别好，我简直成了语文代课老师的宠儿，对我来说，每一堂语文课都是一个节日。

我大量阅读书籍是在"文革"期间。学校停课后，"文革"初期，我和同学们一起上街举了几次拳头，便缩回家中了。其时县图书馆被抄，大量的书籍在广场上堆起烧了。趁着混乱，我脱下衣服包了好多的书回家。原来和我干这一样"勾当"的还有好多学生，所以我的书看完后，就拿去和别人交换着看。

这样，在几年中，我阅读了大量的书。这些书大部分是古典文学作品。除了四大名著外，还有一些二流的、三流的古典作品，例如《济公传》《五女兴唐传》之类。我的小说中有一点儿古典味，大约得益于这一时期的阅读。

高中毕业后，我到中苏边界一个荒凉的边防站服役。那里条件极为艰苦，无文化生活可言。我相信我的一部中篇小说已经准确地给你描绘了白房子边防站的全部。那五年时间我也许只读过一本书，就是苏联小说《多雪的冬天》。这本书是从边防站开巡逻车的司机的驾驶室里发现的。虽然没有书读，但我对那一段苍凉岁月充满感情与回忆。远离了物欲与尘嚣，这有助于我长期地沉湎于思考，并且用我所掌握的一点儿贫乏的知识试图解释人类。

我系统的阅读期是在从部队复员到一家地方小报之后。白房子时期，我的几首小诗有幸在《解放军文艺》发表，这唤起了我久久抑制的对文学的兴趣。在报社工作期间，适逢"新文学"十年伊始，大量的中国的和外国的文学名著纷至沓来，令人目不暇接，于是，我一边创作，一边阅读。

这以后，曾有三五年时间，我沉湎于俄苏文学那种忧伤的抒情气息中。我对俄苏文学自普希金之后以至今日的所有大家及其二三流作家，熟悉到如数家珍的地步。古典作家不说，现当代作家中，叶赛宁、阿赫玛托娃、巴乌斯托夫斯基、纳吉宾、阿斯塔菲耶夫、艾特玛托夫，都令我为之倾倒。

后来有一天，我突然不喜欢俄苏文学了，我觉得它缺少直接和深刻。我像当年的普希金一样为英国的拜伦发了狂。从拜伦开始，我向英国文学的过去和现在两极走去，我惊奇地发现西欧的现代文学并非人们所说的那样玄而又玄，而是传统的合乎逻辑的延续。

这时，法国文学那种轻松幽默的抒情风格吸引了我，我举手向巴尔扎克致敬。当然，我以更多的时间向那些20世纪的作家讨教写作的秘密。

我同时也喜欢上了美国文学那种不拘小节的风格,我认为美国最伟大的艺术家也许是"现代戏剧之父"尤金·奥尼尔。

当然,拉美"文学爆炸"也同样令我惊异,我认为拉美文学对我们最重要的启示是写作时不要拘泥于章法,不要相信那些文学理论教科书之类的东西。

对于日本文学,我一直认为不如印度文学那样高深莫测和源远流长。我认为自夏目漱石、芥川龙之介之后,至今还没有大家出现。

时至今日,在历经了这些阅读之后,我突然怀念起久被搁置了的俄苏作家,我准备下一个时期的阅读,将重读他们,并且寻求新的理解。

我的阅读,正如我的创作一样,毫无系统可言,许多偶然的因素碰在一起,于是形成了一个又一个的阅读阶段。

我认为读文学作品最好读名著,这样你才知道什么是文学的高度,才有可能向这个高度努力。倘若你喜欢某个作家,就不妨长期地阅读他,不要去记什么读书笔记,而是在阅读期间,体味作家写作时的那种情绪,并且与作家的创作情绪同步前进。

我认为发现一位经典作家的缺点甚至比发现他的优点更重要。缺点帮助你更深刻地理解这位作家，并且告诉你应当怎样避开劣势而去发挥优势。世间好书尚多，而我所读，九牛一毛。

在我之前，已有多少好书行世；在我之后，这些书依然如故，腐朽的却是我辈。所以趁时光尚好，案牍劳顿之余，三更灯火五更鸡，只有贪婪而读了。有时不为写作，即为功利的缘故，当搜天下好书而读之，不求甚解，但求片刻之乐，也是一桩美事。

我的母亲一生一字不识，上了几次扫盲班，字依旧是字，她依旧是她。每每我读到一本好书，便为那些没有读过这本书的人惋惜，而被惋惜者中竟有我的母亲，于是惋惜便成为不安。

有朝一日，我有了闲暇，那时我要坐在她的膝前，拣我觉得最好的几本书为她读一读。我想，我首先要为她读的，也许就是普希金的《驿站长》。

我的肚子里就是一个图书馆

我读过很多的书。记得有一次去西北大学讲课时,我拍着自己的大肚子说:"我的肚子里有一个图书馆。"

这话有些夸张。我的骨子里有一种夸而张之的情绪,自己也知道这不好,起码是不符合中国国情,但是有时候一不留神,就表现出来了。

我看书看得很杂,什么样的书都拿来看。只要能看进去,就潜入其中去看。我看书从来不是为了什么需要,而是把看的本身当作一种享受。鲁迅在他文学活动初期,给书房里贴过一副楹联,叫"有病不求药,无聊才读书",我的读书,亦是如此。

给我最重要影响的一本书,也许是罗曼·罗兰的《约翰·克利斯朵夫》。那是1979年,省作协办读书会,这是一本必读书。

带班的老师说:"别的书可以不读,但你要搞文学,这本书必须读!"

《约翰·克利斯朵夫》带给我的影响是可以想见的,我被深深地震撼了。我明白了在此之前我接触的都不是文学,而只是宣传品。我还明白了人除了是一个吃喝拉撒睡的臭皮囊之外,他还有精神的一面。而在那精神的高处,是怎样铺张和辉煌的景象呀!因为你是人,所以你有责任令自己变得高尚起来。

我看过很多书,因此叫我一一列举,真是一件困难的事情。你列举了这本书,那么对你没有列举的那本书来说是不公平的,不是吗?

我喜欢过俄罗斯文学。前不久和西班牙作家代表团座谈时,谈到俄罗斯文学,我说,我对自普希金开始,一直到苏联的一流、二流,甚至三流作家的作品,都能达到如数家珍的地步。

我喜欢普希金这个浪子,他的一句短短的诗就能激起我半天的惆怅。果戈理的中篇《肖像》、屠格涅夫的中篇《春潮》,都达到一种艺术的极致。托尔斯泰最好的作品,也许是一个叫《一个人需要多少土地》的短篇。一个人需要多少土地呢?托翁告诉我们,一个贪婪的俄罗斯外省的地主,在经过一生的掠夺土地的斗争之后,老了,就要死了。死之前,他让人把他抬到挖好的墓穴去看。看着墓穴,这个濒死的人突然明白了一个道理:一个人,其实只需要三沙绳①的土地,即可以收容下他的尸体的那么一小块土地,就足够了!

我也喜欢英国大诗人拜伦的《唐璜》。《唐璜》的那种大机智、大幽默、大气度,简直可以包容一切,吞没一切。在文学创作中,我从《唐璜》中贪婪地汲取着营养,数十年不辍。

普希金是俄罗斯伟大文学的开端,而俄罗斯文学一夜间从小草变成大树,个中奥秘就是普希金对拜伦的模仿和承袭。普希金说:"我因为拜伦而发了狂。"《叶甫盖尼·奥涅金》简直就是《唐璜》的俄国版。

我还喜欢《梵高传》。人类那一幕凄凉的图景叫我落泪。一个人在选择了艺术的同时,他就选择了不幸。这是艺术家共同的宿命。他将把自己像祭品一样为缪斯献上。

在我最近读的书中,有两本书给我以影响。一本是李银河博士写的《性爱与婚姻》。李博士让我们知道了许多东西,她的东西方比较虽然不够全面、沉稳,但是带给我们许多新鲜的

---

① 沙绳是俄制长度单位,1沙绳约等于2.134米。

信息。李博士是已故作家王小波的妻子。

话说到这里，那么我想说我十分喜欢王小波的小说。王小波比获得诺贝尔奖的高行健更懂得中国，而王小波的小说风格，似乎也正在有意无意地完成着中国小说和世界小说的接轨，可惜他死了，愿他安息。

我正在看的另一本书是阿诺德·汤因比的《历史研究》。一部人类史，汤因比用一本书将它概括了，而且言之有据，论之有理，这真叫人折服。我之所以喜欢这本书，是因为我过去曾经关注过匈奴民族，眼下又在关注罗布泊和楼兰，而在这本书中，汤因比关于欧亚大草原的阐述，让我看到了一个英国人的视角是怎样的。

我写过十多本书。我从来不读自己的书，连书架上也不去放。原因是，我的文字都是在感情炽烈的情况下写成的，我没有勇气在看的途中再承受第二次激荡。

这情形，就如同达吉雅娜在写给奥涅金的信中说的那样："我的信到这里就写完了，重读一遍都脸红。"

有书真富贵

我喜欢普希金这个浪子。普希金的每一句寻常的诗句都能让我的血液像火苗一样燃烧。如果这位稀世天才不是把时间过多地用到与美人调情上,他的成就会更伟大。

那年在西影厂舞会的静场期间,在小提琴曲《梁祝》的声音中,我即席朗诵了一首普希金的《致大海》。我口中魔咒一般念出:"那是一处峭岩,一座光荣的坟墓……在那儿,沉浸在寒冷的睡梦中的,是一些威严的回忆:拿破仑就在那儿消亡。在那儿,他长眠在苦难之中。而紧跟他之后,正像风暴的喧响一样,另一个天才,又飞离我们而去,他是我们思想上的另一个君主。"

我朗诵的时候,台下一片肃然。这些西部电影的制作者们说,已经许多年没有听到这么崇高的声音了，记得这声音，只有当年孙道临在朗诵《哈姆雷特》的那"活着或者死去"的著名独白中有过。

高尔基称普希金是"俄罗斯文学'一切开端的开端'"。普希金直接的学生是《死魂灵》的果戈理和《当代英雄》的莱蒙托夫，间接的学生是小说三巨匠（屠格涅夫、陀思妥耶夫斯基、列夫·托尔斯泰）。作为过渡人物，契诃夫也是一个应该注意的短篇大师。苏俄文学中，我喜欢低吟着"金黄的落叶堆满我心间，我已经不再是青春少年"的叶赛宁。自然，《静静的顿河》的作者肖洛霍夫的书，也可一读。

美国文学从一个叫华盛顿·欧文的名气不大的作家开始。欧文的游记《阿尔罕伯拉》，描写对象是西班牙的苍凉高原，写得棒极了。他的一篇类似中国的《秋翁遇仙记》式的短篇，描写一个人到山里睡了一觉，回到村里，世界已经面目全非了。据说这小说开美国文学之先河。

不过奠定美国小说牢固根基的是霍桑的《红字》。此后，美国的小说艺术就像美国的国力一样，呈现出王者之相。美国有许多不拘一格的好小说家，要列举出他们的名字会是长长的一大串。而美国的现代戏剧则从一个叫尤金·奥尼尔的人开始,他的《榆树下的欲望》是真正的经典。他的女儿据说嫁给了"滑稽大师"卓别林,而女儿的女儿是好莱坞的一位忧郁的女明星。

法国有许多好作家,雨果的沉雄、巴尔扎克的包罗万象、卢梭的歇斯底里、大仲马的粗放耕作和小仲马的婉约抒情,都给人留下了深刻的印象。那里好像是一个出小说家的地方。不过法国人生性轻佻,缺少深刻和哲思。当然我这样说也许失之偏颇,这个伟大国家出过卢梭,出过罗曼·罗兰,出过萨特和加缪。思想即力量,他们的思想的太阳越过世纪,至今还照耀在我们头顶上。

不过你千万不要小觑了德国人。日耳曼民族是一片出思想家的土壤,马克思、弗洛伊德、尼采,这些人简直就是一个时代,就是人类的精神导师。

日本出过两个好作家,都是古典的,一个是夏目漱石,一个是芥川龙之介。我常常感到鲁迅先生小说中那种沉郁之气,就来源于芥川。当代这几个获诺贝尔文学奖的作家,我都不喜欢。

我的参照物是拜伦,和拜伦的磅礴大气相比,川端康成的病态美简直就是小儿科了。不过这几年热起一个叫村上春树的作家,他的《我们时代的民间传说》《国境以南,太阳以西》,无聊之际不妨读一读,虽然给你带不来大的震动,但也不至于虚度时间。

拉美那一块地界,正像出过留两撮小胡子、行动怪异的守门员伊基塔,出过另一个守门员——蹦蹦跳跳的"花蝴蝶"坎波斯一样,那里的文坛,也不时地从丛林里走出个把莫测高深的怪人,例如略萨,例如赫尔博斯,例如马尔克斯。

"有书真富贵"这句话,是我十多年前在西安街头签名售书时,一位读者朋友要我写的话。十多年过去了,许多事都过去了,独独这一句话始终记得。

影响我人生的书

我的母亲不识字。母亲智商极高，她要是再能识文断字，肯定会成为一个人物。可惜她不识字，世界在她面前像一堵墙。大约是作为补偿，我认得了字，认得字后又酷爱书，酷爱书后又自己写书。我读过许多书。我在西北大学百年校庆演讲时，拍着自己的大肚皮说，我的大肚皮就是一个图书馆。

记得"文革"开始，我从图书馆搬来了大量的书。那情形，就像蚂蚁搬家一样。"文革"期间不上课了，我就在家读这些书。这些书大部分是中国的，除四大名著外，二流的、三流的古书都有，比如《五女兴唐传》《济公传》等。但给我留下深刻印象的，不是那些名著，而是一套八卷本的《中国民间故事集成》。这些民间故事打开了我的眼界，让我知道世界很大、很远、很辽阔。

带给我影响最大的一本书，是罗曼·罗兰的《约翰·克利斯朵夫》，这是1979年读的。省作协恢复活动后办了个读书会，我是第三期。班主任黄桂华老师说，这是一本影响了中国一代人文知识分子的书，讲的是个人奋斗。

该书是读书会必读书目之第一篇，这样我就陷进四卷本《约翰·克利斯朵夫》的情节里。我读完了，像做了一场梦一样。人的心灵原来可以丰富到如此的程度呀！在脱离了兽性之后，人的心灵可以变得如此崇高、如此美好、如此深刻，人可以如此有尊严地活着呀！相形之下，我才发现自己此前的那些所谓创作，距离真正意义上的文学还很远。

带给我重要影响的另一本书，是大诗人拜伦的《唐璜》。这个叛逆的浪子拜伦，他要离开英国了，于是挥舞着黑手杖，指着雾伦敦说："不是我不够好，不配居住在这个国家，而是这个国家不够好，不配留我住下来！"说完，拜伦登上一辆豪华马车，开始在欧洲大陆游荡。《唐璜》就是游荡的产物。他一路走，一路写诗，一路将这些诗寄给出版商，换行程的路费。

我写《最后一个匈奴》时，案头放着两本参考书，一本即《唐璜》，一本则是《印象派的绘画技法》。《唐璜》教给我大气度，教给我如何用一支激情的秃笔，在历史的空间里左盘右突。莫奈、德加、雷诺阿这些印象派大师，则教给我如何把握总体和谐。

最近这些年，给我影响颇大的两本书是《人类与大地母亲》和《历史研究》。这两本书是一个叫汤因比的英国学者写的。这人，在英国的地位，相当于咱们的中国社科院院长那样的角色吧。他的这两本书，像一个学者写出的历史小说。

他从两河流域的文明开始写起，写了埃及文明、叙利亚文明、古希腊文明、中华文明、古印度文明、古罗马文明、日本文明等等，写这些文明板块的发生、发展、强盛、盛极而衰的过程。这两本书给了你一个居高临下认识世界的角度，它像一个大包袱，把这个世界一包裹之。告诉你各文明板块是怎么回事，并且试图探讨人类未来的走向。

汤因比基本上是公允的，他对中华文明给予了最高的礼赞。他还说，假如让我重新出生一次，我愿意出生在中国的新疆，那是世界三大游牧民族中两个民族消失的地方，是世界的人种博物馆，那是一块多么迷人的地方呀！

最后我想说的是，生活是一本常读常新的大书。许多民间智慧是书本中没有的，它得靠你向生活学习。

我的读书生活

有一本好书叫《印象派的绘画技法》。我在《最后一个匈奴》的创作过程中,这本书始终不离左右。

莫奈教给我和谐,雷诺阿教给我绚丽,德加教给我敏锐。我不知道书中为什么没有梵高,那个因为激情而燃烧得快要发干的人,还有高更,那个艺术的伟大殉道者。不过这已经是一本好书了,文学界现在才开始领悟的许多艺术奥秘,其实他们早已用实践诠释了。

我还喜欢拜伦,"爱我者,我报以叹息;恨我者,我报以微笑。无论头顶上是怎样的天空,我随时准备迎接任何风暴!"这就是拜伦!我十分喜欢他的《唐璜》,我永远不能理解,这位歌者那种压路机式的处理素材的本领,他挥舞着魔杖一路歌吟一路行走，所有的路途物经魔杖一点，顿时化腐朽为神奇，或者说点石成金。

英国的忧郁派传到俄罗斯，于是有了普希金等一路诗才的出现。普希金是我最喜欢的一位作家。"我悲哀地、无望地爱着你"——现今诗人中，谁能说出这样简洁、深刻、美丽的句子呢？我熟悉普希金之后的所有苏俄文学大家，甚至二三流作家也熟悉。我从俄罗斯文学中吸取了丰富的营养，这是必须承认的。

中国的现当代作家中，我独尊鲁迅。中国作家中，至今我还没有见过第二人，能给一个方块汉字那么多的力量，确实是锵锵作响、掷地有声。读先生的文章，我能嗅出满纸烟味，能想象出先生面色严峻、双目如炬的写作神情。

我读过大量的一流、二流、三流的中国古典作品，案头常备的是《古文观止》。我有幸读过《金瓶梅》的一部分，感到它的描写成就要超过《红楼梦》，"红"有太多的书卷气、贵族气，而它则没有，市井生活、人生百态，跃然纸上。

我不喜欢日本作家，正如我不喜欢日本人一样。不过对一个叫芥川龙之介的，我情有独钟。他说过一段话："九十九步是一半，另一步是一半。当代人不明白这个道理，因此诋毁天才；后世人不明白这个道理，因此在天才面前焚香。"能写出这样一段话的人，他不该值得尊敬吗？

美国是个一句话很难说清的国家，美国文学也是这样。那里有一群大家。我不喜欢海明威，他太冷静，其余的我都喜欢，我尤其喜欢一个叫尤金·奥尼尔的，他是美国现代戏剧的开山鼻祖。

我读书毫无章法，抓起书就读，读不下去就扔，不足为训。大量的书是新时期以来读的。上小学和中学的时候读过一些大家都读过的书，因此说起来也没有什么意思。我的一点儿古文根底，是"文革"中所看的一批古书所给予的，如此而已。

我曾经大言不惭地说："我遍读天下好书以后，认为最好的一本书还没有出现。"这话是用来激励自己的。

最好的训练

一位又高又瘦、面颊苍白的青年,敲开了俄国大文豪列夫·托尔斯泰的房门。

青年穿着一件皱巴巴的风衣,里边穿一件水手海魂衫,而他的身上也强烈地散发着一种海洋的气味。他的毛皮鞋,那叫鞋吗?鞋子已经破烂不堪了,用草绳勉强地捆在脚上。

他叫阿列克塞,一位文艺青年,他想尝试着写一些东西,于是他走了很多的路,终于走到托尔斯泰的膝前。当托尔斯泰听完这位青年讲述了他的苦难的流浪汉经历之后,老人老泪纵横,他不停地用手在胸前画着十字,嘴里则喃喃地说:"圣母啊,你是一只无底的杯子,承受着世人辛酸的眼泪。"

当这位名叫阿列克塞的文艺青年告别时,托尔斯泰说:"孩子,在拥有这些苦难人生之后,你完全有理由变成一个坏人!"

我们知道,这位文学青年后来没有变成坏人,而是成为一个大作家。他将给托尔斯泰讲述过的故事,写成了三本书,一本书叫《童年》,一本书叫《在人间》,一本书叫《我的大学》。而在出版这些书的时候,他用了"苦难"这个笔名。中国人在翻译的时候,取"苦难"一词的音译,把这位大作家的笔名译成"高尔基"。

据说那天,当这位唐突的访问者离开后,人们问托尔斯泰,一位作家最好的早期训练是什么。托尔斯泰长叹一声说:"不幸的童年!"

我没有遇到过一支好钢笔

我写《遥远的白房子》时，用的是蘸水笔。白天上一天班，晚上吃过饭后，两盒烟往办公桌上一放，蘸水笔一拿，什么时候烟抽完了，搁笔睡觉。我写《伊犁马》时用的是毛笔。那是1985年秋天在一次笔会上写的，大家都去忙了，我躲在房子里，给毛笔蘸饱墨，描起来。

写《最后一个匈奴》，我用的是油笔。五十支蓝油笔，五十支红油笔，往桌上一放。写那些热烈的场面和感情激荡的场面时，用红油笔。写那些冷静的、平静叙事的场面时，用蓝油笔。小说写完，这一百支油笔也就成了空杆。这种油笔下油很利，笔身可以伸缩，好像是上海造的。

写《六六镇》和《天堂之路》时，我又用回蘸水笔。我曾经怀念过那种伸缩式油笔，但是走过许多商店，那种笔都没有买到。至于毛笔，它写起来毕竟太慢，而且得分一部分心思，用在写字上。

这些东西都不是用钢笔写的，这真是一件遗憾的事情。钢笔应当是 20 世纪最主要的书写工具，但是我没有用它。而没有用的原因是找不到好钢笔。

记忆中，我还没有遇到过一支好钢笔。其实，我对一支好钢笔的要求并不高，它只要能很顺利地、源源不断地下水就行了。这样，当笔尖落到纸上的时候，你的手腕开始动，你不必考虑字写得美与丑，考虑笔尖是否会分岔，考虑写不下或者一写一个墨疙瘩，你将全部的注意力集中到作品本身，手腕只是在机械地记录而已。

我得到过许多钢笔，可以说每年都可以收集到一大把。我曾经得到过一支钢笔。这支钢笔的牌子叫"英雄"，好像也是个名牌。包装很精美，一个木质的盒子，用天鹅绒包着，钢笔藏在盒子里，被一个夹子固定着。钢笔上还系着一个硬币大小的金色牌子。

朋友们都说这是一支好钢笔。尽管我经历过许多次对钢笔的失望，这次还是鼓起了信心。我在宾馆里四处寻找，终于从一个角落里找到了墨水。吸足水，我带上了它。但是，现在我写这小东西的时候，仍然借的是邻座的油笔，因为这钢笔在吐水的时候，仍然消极怠工，你费了很大的劲，水才吐出来。而我的性子急，在匆匆的行笔中，吐水的速度跟不上我写作的速度。

记得，几年以前，一位县长朋友送给我一支二百多块钱的钢笔。钢笔像一颗重机枪子弹一样，分量很重，外表很华贵，但是它用起来，仍然下水不利。这支笔我舍不得丢，于是用了一段时间。一次偶然的机会，钢笔掉到水泥地上，笔尖碰了一下，弄拙成巧，钢笔这次是下水利了，但是不久，它开始分岔。没奈何，我一扬手，又将它丢到角落里去了。

记得，对钢笔，我这大半生似乎有过一次美好的记忆，那是上小学时。那是一种简陋的钢笔，是塑料笔杆，老式的那种笔舌头，它写起来很顺手，笔尖在纸上，沙沙地响着，字留了下来。

还有一件事，是说安徒生的。安徒生写作时用的大约是蘸水笔。话说安徒生在乡间旅行时，晚上住进了一家小店。他突然产生了创作冲动，于是铺开了纸张，点亮了蜡烛。

但是，小店里登记用的墨水瓶里，墨水只有瓶底的一点儿了。安徒生叹息了一声，开始写。他注意节约墨水，但是，墨水还是用完了。于是，安徒生开始收笔，在最后一滴墨水用完时，他为他的《小红帽》或者《灰姑娘》画上了句号。

如果——如果瓶底的墨水多一点儿，那么，我们今天看到的《小红帽》或《灰姑娘》，篇幅可能要长一点儿了。

第二辑 老槐树下的茶摊

我的饥饿记忆

大年三十那天,奶奶从瓦瓮里扫了半天,扫出一点瓮底儿,揉成拳头大那么一疙瘩面,做成一个面饼。再变戏法一样,不知道从哪里搜腾出几颗枣,镶嵌在面饼上。面饼蒸熟,然后被供在锅台顶上那个窑窝里。面饼前,放一个碗,插上几炷香。这是敬神的,还是敬列祖列宗的,我不太清楚。

这大约是 1961 年吧,那一年我七岁,在乡下和爷爷奶奶居住。记得从入冬以后,我就没有吃过粮食了。吃树皮,吃渭河畔上的观音土,吃棉花籽油渣。说句难听的话,我拉下的屎,连狗也不吃的。狗看见我拉屎,兴奋地跑过来,蹲在旁边。等我提起裤子后,狗扑过来闻一闻,屎又黑又干,一点儿臭味都没有。狗抬起头来藐视地看了我一眼,不高兴地走了。

因此，面对着这个面饼，我垂涎三尺。那时候讲究三十晚上"熬夜"，这给了我不去睡觉、死死地守住那个面饼的理由。记得我不停地问奶奶，神神什么时候来吃这个饼呀！奶奶早就知道我的心思，她说，神神不吃的，他只看一眼，看这房户人家有心没心，还记不记得他，然后拔腿走掉。这饼子他留给咱们吃的。这样，我一直熬到后半夜，实在熬不住了，就去睡了。第二天早晨我还在被窝里时，吃到了奶奶递来的一角饼子。

我们这一代人是在饥饿中长大的，提起"饥饿"这两个字来，每个人也许都有一篓子话题。20世纪60年代初那一场中国地面上的大饥荒，那种恐怖的景象，有点儿年纪的人都还记得的。

我之所以想起这个话题，是因为要"过年"了。要过年了——该怎样过呀——吃些什么呀！这是物质丰富的今天，人们谈起过年时的几句寒暄。这些话头让我想起自己童年时过年的情景。由于小时候营养不良，我十八岁当兵时的体重是一百零二斤，刚刚够标准；离开部队时的体重是一百零八斤。

那时，我十分羡慕那些胖人。记得复员进到一家工厂时，我曾问过一个胖乎乎的老工人怎么才能变胖。老工人说，多喝水、多睡觉就能变胖，于是我拼命喝水，抓住一切闲余时间睡觉，可是还是没能胖起来。老工人又说，你去开两盒六味地黄丸吃一吃，肯定能胖。我后来开了没有，现在记不起来了，不过我现在是胖了。

当年我当兵时用一根马镫革做裤带，腰太细，眼不够，于是我用火钳又给上面戳了三个眼儿。这些年，随着肚子一天天腆起，眼又从另一个方向不够了，于是我又给这边戳了三个眼儿。

此刻，在写这篇文章时，我取下腰间的皮带数了数眼儿，从当年最里边的眼儿到现在最外边的眼儿，一共是十个。眼儿之间的距离以一寸计，也就是说，我的腰围在这些年间增大了一尺，而体重也变成一百七十五斤了。我现在是堂而皇之地胖了，而世界现在又流行以瘦为美，说来也好笑。

20世纪中国人经历过三次大的年馑，一次是1929年的大旱，一次是60年代初的先涝后旱，一次是1998年的中西部大旱。好在这些现在都已经抛在往年那边去了。

而在历史上，我们这个多灾多难的民族，一直是与饥饿为伴的。中国境内每一部县志上都会有"饿殍遍野"这句话。因此，在基本上解决了吃饭问题的今天，适逢年关，我以我这段小小的文字,为时代的发展高兴。我觉得吃饭问题的解决,是中国人最值得额手称庆的事。

我为什么比别人聪明

我很小的时候，就是一个郁郁寡欢的孩子。我贫贱、卑微、弱小、营养不良，世间所有的欢乐都与我无缘。

我大约记得，1961、1962 年困难时期，据说东边的河南省和西边的甘肃省，都曾饿死了上百万人，而我所在的陕西省当年也饿死过很多人。我自己作为亲历者，当年也许会是饿死者之一，只是我侥幸逃脱了。我那时候是七岁。

我的母亲是童养媳。过去看杜鹏程的《保卫延安》里提到过"童养媳的目光"这句话，这句话当时像烙铁那样将我的心烫了一下。母亲现在跟我居住。就在昨天晚上，儿子问我："奶奶为什么对外面的世界很惧怕，永远不能释然地面对世界。"听了这话，我长叹一声说："你奶奶做过童养媳，这叫'烙印'。"

我母亲是河南扶沟人，1938年黄河花园口决堤，母亲一家，随逃难的人流涌向陕西，最后又跑向陕北的黄龙山。黄龙山流行一种可怕的地方病，叫克山病，人得了这种病，上吐下泻，一会儿就死了。逃难到黄龙山的母亲全家都死于这种病，只留下了一个六岁的她，给邻居一户高姓人家做了童养媳。

我父亲后来参加革命，然后和我母亲完婚。这户高姓人家同样是逃荒到陕北的，所以1949年后，母亲便带着已经出生的姐姐回到渭河平原上的高村，在高村又生下了我。新中国成立初期有个婚姻法运动，在反对包办买卖婚姻的浪潮中，父亲给遥远的高村寄来了一纸休书。这样，母亲便带着出生不久的我，又回到河南黄泛区。

在河南老家，母亲仍是伶仃一人。思来想去，她又抱着我，回到了陕西的高村。我去时还不会走，回来时已经能用手扶着炕沿走了；我去时还不会说话，回来时已经能用河南话咿咿呀呀地吐几个词语了。这是高村的人们对我这个卑微的生命最早的记忆。

母亲还说过这样一件事。从许昌往西安的火车上，我喊叫"饿"，母亲于是在火车停站的那一刻，将我托付给一个邻座，自己下车去买饼子。母亲不识字，后来上车后，她怎么也找不到我了，于是她疯也似的在车厢里乱蹿。遇见人贩子了，他这下完了！母亲说她当时这样想。后来，母亲突然听到了我的哭声，就循着哭声找到了我，继而紧紧地把我搂在怀里。"咱娘俩再也不分开了！"她说。

回到高村以后，乡间秀才的爷爷，这时候终于站出来说话。他动了雷霆之怒，领着我的母亲，北上延安。父亲当时在《延安日报》做记者。爷爷用鞭子将父亲抽了一顿，又罚父亲在地上跪了一夜，然后，把母亲、姐姐和我塞给父亲，自己回乡下去了。这样，这段婚姻又重新续起，并且一直延续到1992年父亲去世。

我母亲虽然不识字，但是极端聪明。我身上的聪明劲，很大程度上是继承母亲的。

我能记忆的第一件事，是修筑那个著名的延安大桥的情景。那时我们家住在延安万佛洞下面的一个小佛洞里，父亲去编辑部上班，母亲去印刷厂上班，姐姐去上学，他们用一根绳子，将我拴在墙壁上那个女佛的脚腕上。绳子的长度刚好可以令我坐在门槛上，又不至于跌下门槛外面的悬崖下去。

下面的延河边上,有一大群人坐在那里,一边叮叮当当地錾石头,一边唱着凄凉的歌曲。这些人,一部分是从陕北各地招募来的民工,一部分是从莲花寺劳改农场拉来的犯人。在那凄凉的歌声中,我的眼睛里流出了泪水。这个狄更斯式的情节一直跟随了我一生。每当我写作的时候,我的耳畔就响起那音节。

后来在1958年大炼钢铁期间,动员干部家属下乡,父亲便把母亲和我们姐弟三人(弟弟在1956年出生)又送回关中平原上的高村老家。

大炼钢铁的一个内容,就是到渭河上游一个叫浕河的支流里去淘沙子。刺骨的河水令母亲生了重病,她差点儿死去。后来,父亲不得不把她又接回延安。姐姐要上学,弟弟要吃奶,他们得跟母亲一起走。我是多余的,于是我留了下来,和爷爷奶奶在高村居住。

在高村我度过了1961、1962年的困难时期。当时,吃树皮、吃油渣、吃观音土,那都是我的真实经历。说到这里,我突然双目潮湿,我说我宁肯不因这些苦难而成为作家,也不要那些苦难的经历。

是的，我曾经长久地趴在大地上，与那些卑微的乡亲们共命运。我经历过苦难，我看见过死亡的恐怖。在那个时期，在乡间，你能活下来是你的命大，你死了只是让世界少了一张嘴而已。

而我还不如那些农村孩子。有一次吃大锅饭，锅里玉米粥舀完之后，锅底会有一些锅巴。队长的儿子说，他要吃那些锅巴。炊事员看见我在旁边眼馋的样子，于是用铲子铲了一块给我。队长的儿子生气了，抓起一把土扔进锅里。

我既不是农村人，也不是城里人。农村人有农村人的好处，他们虽然贫困，但是家里会有男人呵护。城里人有了什么事，还有国家管着。我这一生，直到现在，都生活在这两种文化的冲突之中，经常有一种找不着"家"的感觉。

最难忘的事是这么一件。那时候吃大锅饭，生产队在饲养室门外，支起了一口大锅，熬玉米粥。每个人头每顿饭是一马勺玉米粥。我和奶奶，用一个瓦罐，抬了一罐玉米粥往家里走。抬瓦罐用的是一把锄头。我走在前面，奶奶走在后面。突然，我听到身后"哎哟"一声，锄把便脱了手。扭头一看，见奶奶小脚一歪，栽倒了。瓦罐打在了地上，成了碎片。这时候，从田野上的一个斜路上,走来了吆着牛的爷爷。爷爷见状,走过来,抡起牛鞭,没头没脑地朝奶奶头上抽。"老婆子,你要把全家人都饿死呀!"爷爷叫道。

接着,爷爷扔下鞭子,俯下身子,捧起那些碎片舔起来。舔了一阵儿,爷爷吆喝着牛,又走了。

"不要怨恨你爷爷,他是饿疯了!"奶奶说。

奶奶坐在地上,起不来。通常,她是双脚往怀里一蜷,全身缩成一团,继而两手抱住脚,身子闪几闪,一使劲,才能站起来。现在她就是这样闪着,然后要我在背后推她一把。这样,她站起来了。我们婆孙俩向家里走去。

我们家在渭河边上。我和奶奶在渭河边上站了很久。渭河喧腾着,自遥远而来,又向遥远而去。在这腾烟的河流之上,一只画舫,正缓缓地驶过。那时,渭河上,还可以通航。

熬过了三年困难时期以后,我该上学了。爷爷拧着我的耳朵,将我送到村头那座土地庙里去。记得小学一年级快要放假了,我的一元钱学费还没有交。上课的时候,老师说:"还有人没交学费,大家知道这人是谁吗?"

"黑建!"同学们喊道。

"大家羞他！"老师又喊道。

喊完以后，他率先示范，将指甲在脸上刮了一下，然后伸直胳膊，手指直通通地指向我，并且嘴里发出"嘘——"的声音。同学们也都效仿他，"千夫所指"的我，好容易明白是怎么回事了。血往我的脸上涌，眼泪吧嗒嗒地掉在胸前的土台上。我冲出教室，穿过田野，跑回了家里，然后，扑进奶奶的怀里，放开声号啕大哭起来。

"谁欺侮你了，孩子？"等我哭声小了，奶奶问。

我哽咽着，将事情的经过告诉了奶奶。听我说完，奶奶脸色严峻得可怕。最后她叹息了一声，拖着我出了门，开始挨家挨户地借钱。借了一下午，二分二分的、一毛一毛的，借够了一块。

上小学二年级语文第十八课的时候，母亲来接我。那是一个初夏的晚上，月光亮堂堂的，我正在场上玩。这时，一辆铁轱辘牛车停在了我家门口。"黑建！你妈来接你了！"村里的孩子们喊道。

这样我又回到了延安。在那里，我有许多值得回忆的事。不过印象最深的还是最初的两件事。

我小的时候，随着爷爷奶奶在乡下居住。老一代的农村人有一个习惯，就是喝完苞谷粥以后要舔碗。我见奶奶一边伸舌头舔碗，一边咂吧着嘴，一副津津有味的样子，就跟着学。

　　开始学时，将头埋进了碗里，舌头没有到，鼻尖先碰到了碗底，结果弄了一鼻尖的苞谷粥。后来我跟着奶奶学，慢慢地也就学得老练了。奶奶见我舔碗舔得好，常向邻居夸我，说我懂得珍惜粮食，是个好孩子。我自己也觉得这是一种美德。

　　回到城里以后，我继续保持这个引以为荣的本事。父亲肯定对这件事面有愠色，但是我由于头是深深地埋进碗里的，所以看不见。终于有一次，我正舔到酣畅处，这时有邻居来串门，父亲觉得脸上挂不住，于是伸出脚，狠劲地踢了我一脚。这一脚将我踢成了一个哲学家，令我从此明白了在不同的文化背景下，同样的一件事，在这里会是对的，在那里却又会是错的。

　　另一件事是，我上小学二年级的时候，见家里的炕上有一只打火机，就捡起来玩。那时打火机刚流行，我觉得这玩意真奇妙，一打就有火苗出来了。一天放学后，走在街上，我掏出打火机，一边打一边向同学们炫耀。这时父亲迎面走过来。"我说打火机怎么不见了，原来是叫你偷去了！"父亲说。

在说的同时，他打了我一耳光，然后夺走了打火机。那一巴掌打得很重，我捂着脸在路边蹲了好一阵儿，眼前才不再冒金星。

这事给我的心理造成了深深的伤害，从此我拒绝接触一切机械的东西。小时候家里的闹钟我从来不去上发条，就是碰也不去碰它。现在家里有两台电脑，可是我怎么学也学不会打字。那电脑的嗒嗒声，我一听就心惊肉跳。如果没有当年那一巴掌，我也许会成为一个机械师，是那一巴掌令我永远远离了机械。

这就是我早年所接受的启蒙教育。正是这一切令我后来成为一个作家。

我觉得，我的一部分DNA遗传基因的密码之所以能够打开，正是因为苦难这个催化剂的作用。实际上，每个人都一样聪明，我们的两万多个遗传基因相差无几。问题是有些人将它打开了，有些人则让它一生都处于一种冬眠状态。

祖母的爱

接到祖母去世的消息时,我正在遥远的高原。

握着电报,我突然在一瞬间明白了:最亲近的人,已经离开我而远走了,不会再向我讲述那些我童年的故事了,不会再在我受伤的时候,为我舐一舐伤口了,不会再用爱为我筑起一间小屋,使我在人世间受到委屈的时候,进去躲一躲了。

在这个世界上,有两个女性,给过我慷慨的爱,一个是我慈祥的祖母,一个是我温存的妻子。妻子还年轻,对于她的慷慨给予,我会在以后的岁月里回报的。祖母已经老了,她的眼神早就向我暗示过死亡的消息了,而我,粗心的我、自私的我、笨拙的我,为什么原先没有想到这一层呢?

我与祖母的最后一面是在她死前一年。我在老家住了三天。

当我提出要回城时，她嘴唇动了动，话却没有出口。她一个人孤零零地住着一院庄子，她希望我能陪伴几天，也许，她是想告诉我许多我不知道的童年的故事吧，她不想把那些东西都带进坟墓去。但是我硬着心肠走了。当我登上火车路高高的路基时，看见在村口的大渠上，远天那一朵云彩下，站着满头白发的她，拐着小脚，用一只手扶着腰。

人们说，古代的美人站立时是一手扶腰的。我的祖母从我记事起，就常常这样一手扶腰。

当她死后，我才知道，她之所以扶腰，那是肝区疼痛的缘故。她是死于肝病的。

祖母是平静地走向死亡的。她在五天前就昏迷了，可是她却从昏迷中醒来了。她让人给我发了一封电报，然后掐着指头，等待我的归来。约摸我应当到家了，她让人把自己抬到大门口，把头对着门外的官道。五天头上，她终于说："看来是不回来了。给我穿上老衣吧，让我走！告诉孩子，为了等他，我已经迟走了五天。我不能再等下去了，请他不要怨我。"

祖母呀，亲爱的祖母，给过我伟大的人类之爱的祖母，在那三年困难时期，你收留了我，养育了我，你用纺棉花挣来的一点儿钱,将我送进了学校。你用嘴里省下的一口两口,喂活了我,养大了我。你默默忍受着生活,从出生一直到死亡。在你死后我才知道,你一生竟没有名字,一个在世上走了一遭,繁衍下一群子孙的人,没有名字地离开了人间,这是多么不公道的事呀!

走在故乡的道路上,走在我的祖母千百次走过的道路上,任平原的风吹着我的乱发。祖母,我在平原上,千百次地呼唤你,千百次地寻找你。多想您还活在人世,给我一次回报你养育之恩的机会。

这是祖母三周年忌日的时候。

我的侄儿——平原上的又一代人,将我领到了祖母的墓前。

这是一块苜蓿地,乡村公墓。苜蓿正开着紫色的花朵,蝴蝶翻飞。我的祖母静静地躺在花丛中。一抔黄土,将我与她隔开。

你能原谅迟到的我吗?你能再睁开一个乡间女人那胆怯的眼睛、一个祖母那热烈的眼睛、一个老人那沉思的眼睛看一看迟到的我吗?

我扑倒在地,紧紧地拥抱着苜蓿花盛开的芳菲大地。

祖母把她的爱给了我,没有得到我的回报,她就猝然走了。

为了良心的缘故,现在,让我紧紧地拥抱着大地——这埋葬着我的祖母的故乡的土地!

祖母给我讲的故事

夏天的晚上,铺一张席子,睡在河边。渭水在身边哗哗作响,风儿把河面上的潮气驱赶过来,为人们消暑。这时候,就是祖母讲故事的时候了。

在我孩提的时代里,祖母为我讲过许多故事。随着年岁渐长,那些故事大都流失在来路上了。只有一个蛇的故事,以它那可怕的情节,永不褪色的神秘感,令人难忘。

一个恶人在做了一件有负于蛇的事情后,便从北山逃到了关中平原。他料到蛇是不可能爬这么远的路来找他复仇的,因为道路遥远,且有河流阻隔。

但是他想错了,这条蛇怀着复仇的渴望,终于在某一天来到他的身边,咬死了他。

蛇是盘在一只公羊褐色的羝角上,来到平原上的。有一位牧羊人要把一群羊赶到平原上去出售。在行走的路上,他突然发现头羊的角上盘着一条褐色的蛇。那蛇嘴里吐着蛇信子,头一探一探,宛如一根会动的羊角。牧人很害怕,但他还是继续赶着羊行路,跨过千山万水,把这个复仇者送到了它的仇人面前。

这是一个古老的、代代相传的故事,中国式的《王子复仇记》。当它由我善良的老祖母,在那个夏夜,用平静的口吻讲出的时候,我为之深深震惊。

我至今还琢磨不透这个传说所包含的全部含义。

高家渡的爷爷

高村有一个渡口,这个渡口就叫"高家渡"。

一条破船,拴在老崖底下。老崖上修一个斜坡,过往的客官从这里坐船,艄公的篙一点,一阵工夫,船就到对岸了。

我家距离渭河渡口,不多不少恰好是一百米。爷爷在家门口的老槐树底下,支了个茶摊,招待过往的人。爷爷的茶摊是免费的,纯属公益性质。茶叶是那种又苦又涩的"老胡叶子",水是清河里的水,烧水的柴禾是叔父从坟里刨下的几个柏树疙瘩。

在我的记忆中,那时的爷爷已经衰老。爷爷此举纯粹是出于一种虚荣心的需要,他希望听到几句赞美他的顺耳话。当然,爷爷此项善举也有一点儿实惠。那些灌了一肚子茶水的客官,在动身乘船前,都要对着爷爷搁在墙角的那个尿缸,轰隆隆地撒一阵大尿。这尿水可以壮地,而用它来泼蛰伏期的麦苗最好。从这个意义上讲,爷爷把每个过往客官都看作一架制造尿素的机器。

爷爷不是高村的人,他的老家在渭河上游十公里的新丰镇。我的老爷没有儿子,只有一个女儿。类似这种情况,在延续香火这个问题上,通常有两种做法:一种是给女儿招一个上门女婿,一种是从最亲的亲戚那里要一个孩子过来顶门。千百年来,这两种做法都在用着,这就保持了这户人家香火不灭,高村这个村子人丁兴旺,而最重要的是,保持了这个村子永远是一个同姓村落的戒律。

我的老爷选择了后者,他从他舅家要了一个男孩过来顶门。这男孩就是我的爷爷。

在我的印象中,顶门过来的爷爷从来没有融入高村,没有融入关中平原这个农业社会。对这个村子,他始终是一个外人,而在我的感觉中,他仿佛是从刀光剑影的鸿门宴上走失的一个士兵。

爷爷干过许多事。据说他挑过货郎担,就是担着一副担子,担子里有些日用杂品，手里拿个拨浪鼓，走村串户的那种。据说爷爷还抽过大烟，老爷手里的一副家业，因为爷爷抽大烟，于是便败落了。这个败落因祸得福，这个家在土改时被定为贫农。

爷爷留给我的印象最深刻的事有两件。一件事是，1961、1962年困难时期，爷爷吃了油渣以后，屙不下，他蹲在东墙角，痛苦地呻吟着，快要死了。于是，我卷起袖子将手伸进爷爷的屁股里去掏。掏出的屎又干又硬又黑，像是黑色橡胶。正掏着，突然听见爷爷的屁股像拉警报器一样，放了个响亮的屁，伴着响屁，水龙头一样的稀屎夺路而出，喷了我一头一脑。

一件事是，有一次爷爷上街去，晌午刚过，便牵回来一只羊。羊是母羊。爷爷对着这只母羊，开始说他的发家梦。那一阵子，不知道怎么回事，羊特别的贵，一只母羊要卖一千多块，一只公羊也卖七八百块，而一只羊羔的价也在几百块以上。爷爷说这只羊是个便宜货，他只花了一百六十五块钱，而且是赊账。

正当全家跟着爷爷一起高兴的时候，上会的人回来了，说今天街上羊市大跌，一只羊只卖十多块钱，一只羊羔只卖五毛钱。全家听了，开始声讨爷爷，问这羊到底是不是从街上买的？

爷爷这时才坦白说,他还没有走到街上,是从路旁一户人家的圈里买的。这件事将这个贫困的家庭害苦了。

大伯的故事

那一年黄河花园口决堤,成千上万的河南人离乡背井,向大西北流浪。当时的国民党行政院在一个叫黄龙山的瘟疫和地方病流行区设了一个垦区,收养这些难民。高家渡这地方,正是难民前往黄龙山的许多道路中的一条。

政府在渭河边上的老崖上,支了一长溜大铁锅,锅里熬着能照见人影的玉米粥。每一个难民都可以从这里得到一老碗玉米粥,填一填自己饿瘪了的肚子。

在川流不息、涌涌不退的逃难队伍中,有个五岁的河南女孩。这饥饿的女孩,突然看见老崖上有一个九岁的高村男孩,手里正拿着一块白馍吃。女孩跑过去,一把将这块白馍抢了下来。男孩在后面追,女孩在前面跑,眼看快要追上了。这时路边恰好有一摊牛粪，于是女孩将馍一把塞进了粪里，又用脚在上面踩了踩。男孩跑过来，圪蹴在牛粪跟前，瞅了半天，摇摇头走了。男孩走后，女孩把馍从牛粪里刨出来，吃起来。

这个故事是我的苦命的母亲给我讲的。讲这些故事时她眼里饱含着泪水。许多年以后，我才恍然大悟，明白那女孩就是我的母亲顾兰子，而那男孩则是我的父亲。

老崖上发生的那一幕，爷爷看在了眼里。他将那女孩，以及那户逃难的人家，请到自己家里，用最好的吃食招待了他们，而后，推起独轮车，带领全家，混杂在这逃荒人群中，渡过渭河，北上黄龙山。

而在黄龙山，河南的这一家人全部死于当地的一种叫"克山病"的地方病，只留下那小女孩。黄龙山托孤，河南人将这小女孩托付给高家收养。这女孩先做童养媳，再做正式的妻子，再后来，成为我的母亲。

那时我的大伯已经婚娶，膝下有一男一女。他留在了高村的家中，看守家院和田产，支撑着这一片支离破碎的天空。大伯先被国民党拉为壮丁，逃跑回来以后，便扛着一支快枪，成为这块地面上有名的刀客。

据说他的枪法准极了，渭河里大水对面河滩上，有一只野羊探头探脑地在河边饮水，大伯蹲在这边老崖上，瞄上一阵儿，一扣扳机，那只黄羊应声倒下，老崖边上站着的人一阵儿喝彩。

据说，大伯扛着枪，在田里走着，地畔上有个野兔。刀客们的拿枪，叫"扛"，即像一只扁担一样横担在肩上，两只手则举起来，抓住枪的两头。见了这野兔，大伯将枪仍然横担在肩上，只是将腰身稍微地斜一斜，然后一扣扳机，枪响处，野兔蹦了两蹦，死了。

爷爷是个极好面子的人，对他的这个成了土匪的儿子，自然异常恼怒。后来有一次，大伯去黄龙山见爷爷，爷爷用牛皮缰绳蘸着水，将大伯饱打一顿，又罚大伯在地上跪了一夜。临了，大伯说，我们走了，留下他一个人支撑家业，如今，他不欺侮人，他就得被人欺侮。一句话，说得爷爷语塞，也就不再管大伯了。

1949年后，爷爷便依然推着独轮车，领着全家从黄龙山回到了高村。我的母亲告诉我，回来的时候，路上到处都是土匪，爷爷把独轮车的把手钻空，从而把家里的所有积蓄塞进把手里，再用木楔子揳紧，这样，才免遭打劫。

父亲从黄龙山径去陕北延安，参加了革命。叔父则随爷爷回到高村,现在由他来支撑高门这一方天空了。他们老弟兄三个,每个人都有着自己的一大堆故事。而由这三个人形成的这户人家的三个分支,我的一大堆堂兄、堂弟、堂姐、堂妹们,也都有着自己的故事。

鸡命

母亲生于鸡年十一月。

自我出生后,便没有见过外祖父外祖母,后来在填写履历表时,遇到姨姨舅舅这一栏目,也颇费踌躇。问起母亲,母亲说:"都殁了!"这么些家庭成员都去世了,而母亲能够安然健在,并且成为我的母亲,光这一点,母亲也算命大了。

我能记事,第一件事便是记的母亲。那一次,大约是我三岁的时候,母亲正抱一根擀杖,在堂屋踢踢踏踏擀面。我抱着母亲一条腿,让她为我搔痒。我的吵闹影响了她的工作,也许当时一家人正等着用饭,所以母亲火了,一抬脚,将我踢到院子中间。

没等我哭出声,正拉风匣的奶奶,便一抬身站起,抽出擀面杖，打起母亲来，嘴里念叨着："你敢欺侮我们家的小孩子，你忘了你是怎样踏进这个家门的！"

母亲呆若木鸡，站在那里并不躲避，直到奶奶气出完了，手打酸了，才伸手接过落在屁股上的擀杖，调转过来，弯腰又擀。

母亲是怎样踏进我们家门的，后来，我影影绰绰听奶奶说，有一块十分险恶的地方，人称黄龙山，从那里经过，轻者生一场疾病，重者丢了性命。有一年，两个逃荒之家，恰好在此相遇。一家全部吐黄水死了，只留下一个小女孩。于是，死者在弥留之际，将这女孩托给另一家，做了童养媳。这家男孩有三，老大已经婚娶，老二长这女孩四岁，老三小这女孩一岁，这样，女孩便属老二了。

这家虽然败落，但规矩极重。小女孩来到家中，少不得看人眉高眼低，先做童养媳，继而做正式媳妇，再后来，便成为我的母亲。

俗话说，十年的媳妇熬成婆，我的奶奶就是受尽磨难而成为婆婆的。算起来，母亲过门已经整整五十年了，她也该享几天发号施令的日子了。没想到，世事比规矩变化得还快，而今，她倒是也有了儿媳妇，却在进步了的城里人面前，只配做个保姆的角色。

由于父亲在外工作，母亲曾三次成为城市居民，又三次回到了农村。第一次是1958年，那时号召干部家属回乡大炼钢铁，父亲带头响应，为此还被评为模范党员。第二次，就是1962年困难时期了。这第三次，是在1969年，当时邻近的甘肃，有几户城市居民，提出"我们也有两只手，不在城里吃闲饭"的口号，口号一出，四方响应，母亲也就糊里糊涂地被送到了农村。

不管怎么说，她现在又回到了城里，她怯生生地微笑着，像一只受惊的雀儿，歇息在城市的屋檐下。她拖着疾病之躯，买菜、做饭、洗衣、带孩子，一刻不闲，就连睡觉，也担负着搂孩子的任务。

她在大跃进的年月，淘铁沙掉进了冰河，自此以后，便有一股凉气在身上作祟，一会儿窜至腰部，一会儿窜至膝关节，一会儿又窜上肘部。有一次，凉气久久地停在肩部了，整个左臂凉气逼人，不能抬动。所有的医生都说，她的左臂没有指望了。母亲靠终日不停地劳作，终于使这只胳膊活动了，直至现在运动有如常人。

父亲一生为官，老来反受官累。这事给母亲以很大刺激。

我们中，倘有谁担任一个什么职，或者单独干一项工作，母亲总是又惊又怕，她再三提醒，怕我们又遭什么人的暗算。我们笑着说，去年的皇历不能再翻了。母亲摇摇头，将信将疑。

这也许怪母亲不识字，所以看门外的世界，一片懵懂。她小时候没有念书的机会，等到成年以后，经过几次扫盲班，却仍不识一个大字，学过就忘，令人不能理解。

这个属鸡的十一月出生的生命已届衰老，一个平常的女人，一个先是为丈夫，后来为丈夫和儿子、孙子，奉献出全部精力的疲惫不堪的老女人，将在异乡他地捱完生命最后的时光。她的两只劳动者的手，粗糙有如鸡爪，她也确实像鸡一样，用两只爪子刨食吃，为自己，为别人，刨了一生。

有一日，吃饭的时候，大家吵吵嚷嚷，话题转到了一位逝世不久的女领导人身上，谈这女人的美貌和魅力，谈她们姊妹三人传奇般的生涯，谈她死后不愿和当过大总统的丈夫葬在一起，却要回到娘家，葬入祖坟，像小时候一样，静静地睡在父母脚下。

正说着，突然厨房里啜泣有声，原来是母亲在哭。她掩饰说，煤气太呛人了，比不得乡下的灶火。

一时间,我感到深深的内疚,我明白我们的话题引起了她的心事。

我们对母亲关心得太少了,甚至忽视了这个人的存在。其实,她也有她的思想、她的痛苦、她的自尊心、她的回忆和怀念的圈子,只是她不愿意把这些抖出来,去打搅别人罢了。

买一张火车票去看母亲

买了一张火车票,我到小城去看母亲。我曾经在一篇文章中说,等我什么时间有了空闲了,我要做的第一件事情,就是去陪母亲住一段时间,吃她做的饭,跟她拉家常,捧起一本书读给她听。这文章写了几年了,可是我始终是一个忙人,无暇脱身。

前几天,站在城市的阳台上,怅然地望着北方,我突然明白了,忙碌的人生是永远不会有空闲的。你要去看母亲,你就把手头的所有事撂下,硬着心肠走,你走的这一段时间就叫"空闲"。这样,我买了一张火车票,去小城。

卧铺票没有了,于是我买了一张硬座票。我对自己说,等上了火车再补。可是等上了火车以后,我只是轻描淡写地问了列车员两句,并没有认真地去补。这时候我明白了,买票的时候,我是在欺骗自己:我生怕自己突然改变主意,于是先把票买上,叫自己不能再回头;至于到时候补不补票,我并没有认真地去想。

火车轰隆隆地开着,开往山里。这条单行线的终点站就是小城,母亲就在小城居住。火车要运行一个夜晚,从晚上到早晨。火车要穿过一百零八个山洞,这是这条支线当年修通时,我第一次经过时,一个个数的。我坐在火车上,毫无倦意,脸上挂着一种善良的微笑,因为这是去看母亲,因为在铁路线的另一头,有一个我生命中最重要的人物之一在等着我。

经过十个小时的乏味旅程,在穿过一百零八个山洞之后,火车终于一声长鸣,到达了小城。出站后,我迅速地搭乘一辆出租车,向母亲居住的地方飞驰而去。后来,我来到家门口,白发苍苍的母亲,还有几位邻居的老太婆,站在家门口等我。邻居的老太婆对我说,母亲知道我要回来,天不明,她就在门口等我了。

我母亲十四岁时与父亲完婚,十六岁时生下我的姐姐,十八岁时生下我,二十岁时生下我的弟弟。我的父亲于七年前去世，如今这家中，只母亲一个人居住。

我已经有一年多没见母亲了，在母亲的家中，我幸福地生活了一个礼拜。我说我有胆结石，一位江湖医生说，多吃猪蹄，可以稀释胆汁，排泄结石。我这话是随意说的。谁知母亲听了，悄悄地跑到市场，买了五个猪蹄，每天早晨在我还睡觉时，母亲就热好一个，我一睁开眼睛，她就将猪蹄端到我跟前。

母亲养了许多花，花盆摆了半个院子。这花盆里还长着些朝天椒。我说，这朝天椒如果和青西红柿切在一起，又辣又酸肯定好吃。这句话刚一说完，母亲又不知从哪里弄来几个青西红柿，从此我每顿饭的桌上，都有这么一小碟菜。

古诗云："谁言寸草心，报得三春晖。"在这一个礼拜中，我收敛自己的种种人生欲望，坐在家中陪着母亲。小城的朋友们听说我回来了，纷纷请我吃饭。我说饶了我吧，我这次回来只有一件事，就是陪母亲。

母亲不识字。记得我曾经在一篇文章中说，等有一天，我有了余暇，我要坐在母亲跟前，将那些世界上最好的书读给她听。我说，那时我读的第一篇小说，也许是普希金的《驿站长》，而此刻，我就这样做了。《驿站长》中那个二百年前的俄国人物悲惨的命运，此刻成为这对小城母与子之间的话题。

一个礼拜到了，我得走，世界上还有那么多的人生俗务在等着我。听说我要去买票，母亲的神色立即暗淡了下来，她下意识地拽住我的衣角。这一拽，令我想起《西游记》中白龙马眼里含着哀求，用嘴噙住猪八戒衣襟时的情景。我对母亲说，等我的大房子分下来以后，她来我那里住。母亲含糊地应了一句。

我还说，父亲已经去世，脚下纵有千条路，但是没有一条能通向那里，因此我纵然有心，也是无法去探望的；不过母亲还健在，我是会时时记着她，时时探望她的。

"热爱自己的母亲吧，朋友！这是一个失去母亲三十年的人在对你说话！"这段话，是一个叫卡里姆的苏联作家在他《漫长漫长的童年》中说过的话。此刻，在我就要结束这篇短文，在我就要离开小城的时候，这段话像风一样突然飘入我的记忆中。

由这句话延伸开去，最后我想说的是，亲爱的读者，如果你也有母亲，那么你不妨抽暇去看一看，世界并不因你离开位置的这段日子而乱了秩序，而你会发现，这段日子你做了一件多么重要的事情。

家乡的渭河

渭河是中国北方一条平庸的河流。它的开始和结束都一样平庸。它开始在甘南草原的尽头和陇西高原的开头,它结束于《诗经》中"关关雎鸠,在河之洲"的那个风陵渡——渭河在那里注入黄河。

最初,是一面黄蜡蜡的山崖上往出渗水。那地方是在半山腰。那水也不能叫水,只能叫黄泥巴。黄泥巴从山腰向下缓缓地移动着,一直往下走,像千万条蚯蚓向山下爬。后来,到山下时,黄泥巴不移了,凝固了,而水一滴一滴渗了出来,汇成一条小河。

小河在黄土高原的深沟大壑中拐弯抹角地流着,一路走一路收集着从沟沟岔岔里涌出来的泉水,有时还接纳天上掉下来的雨水。雨水在这里是极少的,年降雨量通常在二百毫米左右,这雨水通常在夏天降临,瘠薄陡峭的地面存不住水,白雨一打,地表变实了,于是水哗啦哗啦地流了下来。这叫"攻山水",它汹汹涌涌,异常暴戾。

那遥远的高村地面渭河的每一次涨水,其实都是这上游的攻山水在作祟呀!只是那里的人们不知道。据说在早年的时候,黄土高原它是平整的,正是由于这天雨割裂,昔日平整的高原被切豆腐一样,勒成各种奇形怪状的图案,形成深沟高壑,横梁竖峁。

这里是世界上黄土层囤积得最为深厚的高原,黄土层最厚的地方有五百米。人们说,这些铺天盖地的黄土来源于一亿五千万年前的一场大风,那个年代叫侏罗纪年代。从昆仑山上吹来的大风,呜呜地刮着,将满天尘埃吹到东方,然后尘埃在这里坐定。

河流就这样向前奔流着,一边奔流一边接纳和收集着水流。它所有的目的只有一个,那就是让这条叫渭河的河流向前走。

它本来可以不向前走,而向后走的。也就是说,不是奔向平原,而是就近奔向草原,然后裹挟着藏人的牧歌和草原的花香,从一个叫玛曲的地方就近流入黄河,但是它选择了前者。

也许是一面山崖挡住了它的去路,也许不是,而是它的宿命决定了它。它注定将是一条苦难的河流。它注定将要裹挟着它一路收集来的泥沙,在下游营造一片冲积平原,然后在平原上布满村庄,然后在村庄中造出一个大的村庄。

那个村庄人们叫它千古帝王之都。一部中国的历史,有一半是这个村庄的历史。这个村庄叫长安城。如果说不算太长的人类历史中,世界西方的首都叫"罗马"的话,那么,这个村庄就是人类的东方首都。

河流现在变成一条中等水量的河流了,人们叫它渭河。它在大山中左盘右突,寻找着出山的道路。一山放过一山拦。雨季的庞大水量给它提供了咆哮和撒野的机会,而从高原向平原过渡中的巨大落差,也令它的奔流充满了力量,令它的每一朵浪花都亢奋起来。

渭河是哀恸的,沉重的,滞涩的,沧桑的。可是话又说回来了,中国北方的哪一条河流不是哀恸的,不是沉重的,不是滞涩的,不是沧桑的呢?

它们从来没有欢快过和轻松过。对于它们来说,欢快和轻松的同义词是暴怒和暴戾,是雷霆之怒,是一河亢奋的、足以破坏和毁灭一切的、以五公里宽的扇面从平原上仪态万方地流过的浑浊水流。对于它们来说,也从来没有平静过和平和过。

发过一番大脾气后,河流总算是平静了。它重归于河床,重新开始它平庸的命运。但那不是平静,是冷清,是冷寂,是冷落,是落寂。夜来渭河那咣当咣当拍打堤岸的声音,宛如我的老祖母那彻夜彻夜的呻吟声。

北方的河流哪!

大旱后的雷雨

在经历了三料庄稼基本上没有收成之后,在经历了十个一两个月的大旱之后,老天爷终于扛不住了,它开始下雨了。

首先是一串干雷,在高村平原的上空轰鸣着。人们抬头看一看天,天和往日一样,发干发白发亮,不见有一丝云彩。雷声是越来越响了,人们终于发现,在平原的尽头,在东地平线上,堆着一层不太显眼的云层,那雷声就是来自那里的。

接着,起风了,风从平原上扫荡过去,枯枝败叶被风扬起,高家门口那棵老槐树,树股①和树股在风中摩擦着,发出"咔咔咔咔"的响声。老坟里那些高大的柏树,呼啸起来。

风中,在东地平线上停驻的那一块不显眼的云彩,慢慢地

---
① "如淳曰:股,支别也。"——《汉书·沟洫志》

向西、向高村平原上蔓延了过来。那云越来越黑,像墨汁一样迅速地摊开。接着,第一滴雨落下了。

第一滴雨打在瓦房上,干透了的瓦片发出"呛啷"的声音;第二滴雨打在官道上,"扑哄"一声溅起一片塘土。第三滴雨打在渭河的水面上,平静的水面爆起一朵水花。随后,大雨滂沱,洒向干渴的、坚硬的田野。

平原在这一刻欢腾起来。人们走出家门,站在雨中,听任大雨把自己全身淋个精湿。高安氏站在雨中,张开手,接一滴雨星在手中,"老天爷哪,你终于睁开眼了!"高安氏说。说这话的时候,高安氏深信是她的祷告起了作用,她的"忌口"起了作用。她从大雨落下的那一天起,便又开始吃盐、吃荤了。

高发生的腰也直起来了,站在雨中,他像一个孩子一样开心地笑着。他一蹦三尺高,扬起脸,翘着山羊胡子,用手指着天空,骂道:"老天爷,你有本事,再给老子扛上一年半载不下雨。你知道,这场大旱,让人们流了多少眼泪呀!"骂完,他好像想起了什么,伸手去拉同样在雨中的高安氏的手,想说个套近乎的话。可是高安氏不领情,她用手背开了老汉的手。

高三那辆名叫"凤凰单闪翅"的自行车,似乎也比往日欢快了许多。高村平原一共有七个自然村,他骑着自行车,从每个村子的街道上过了一遍。他大声嚷嚷说,公社说,这一场雨,是大面积降雨,降雨过程是两到三天,各家各户务必将自己家的水道捅开,将大门口走水的水路挖好。

城隍庙小学堂也为了庆祝这一场大雨,破例放假半天。这样,孩子们便赤着脚跑向了平原,在雨中撒野。

民谚说:"呼噜白雨三后晌!"大雨整整下了三天三夜,才停止。雨停了,昔日那灰蒙蒙、凄惨惨的天空,现在变成湛蓝色的了,而枯黄的、灰败的大地,现在出现一簇簇新绿。

高村平原的一切,因为这场雨都开始有了灵性,甚至连那牛的叫声、狗的叫声、鸡的叫声,都少了许多惊恐,而变得祥和起来。

麦子黄了

田里的麦苗在一天一天长着。当初河南人的饥饿大军从高村地面经过的时候，那麦苗刚刚返青，还在地上趴着，没有起身。几场雨、几场风，再加上大平原头顶那火辣辣的大太阳一照，一夜间麦苗就醒过来了，开始往上长。

清明节到了，这麦苗已经长得一拃高了，或者用高村人的话说，地里的苗子能遮住老鸹了。麦苗现在开始拔节，夜来的时候，爷爷蹲在地头，他能听到那麦苗"咔叭咔叭"拔节的声音。大平原是肥沃的，高村这一块地区，据说是渭河平原上最为平坦的一个地方。那麦根扎得深，它会伸到一米多深的地底下去，拼命地吸吮着，完成自己的这一届草木一秋。

拔了几个节以后，麦子就长得快到人的腰眼上了。它这时候开始秀穗。半个月以后，秀穗的这个过程结束了，一个个青色的麦穗露了出来，齐刷刷地举头向天，像一片绿海洋。那裸露出来的穗子开始扬花、受精。这时候不敢吹风，尤其是不敢吹那大平原上的干风，那样，麦穗受不上精，它将来的麦粒就是瘪的了。

受精结束，麦粒一天一天地鼓起来，麦穗暴起来，整个麦穗沉甸甸的，麦秆有些弯曲了，好像承受不起这沉甸甸的重量似的。这时候需要暴日头来晒，需要南风来吹。暴日头一晒，南风一吹，这麦穗就黄梢了。然后这黄色，一天加重一点儿，直到最后变成一片金碧辉煌的海洋。

这时候季风从遥远的东方，缓慢地、不可遏制地吹过来了，像一只大手轻抚着这平原。风过处，大平原上掀起一拨又一拨金黄色的麦浪。白天的时候，那麦浪是闪闪发光的，像无数的金箔在闪烁。那是由于太阳的原因，阳光洒在麦穗上，麦穗闪着光，而随着风摇麦穗，这金光一晃一晃的，炫人眼目。

夜来了，太阳退了，代替太阳的，是停在平原上空的一轮大月亮。月亮将它的光华洒在平原上。这时候没风了，麦穗不再动，而是齐刷刷地举头向着天空。白天大地所收拢的暑气，现在开始释放了。平原一呼一吸，在尽情地吐纳着。这时候白天被逼得无法散发出的麦香,也随着这平原的一呼一吸,尽情地散发了出来。于是乎大平原沉浸在那铺天盖地的麦香中。

第一镰该开了。那第一镰通常不是小麦,而是大麦和油菜。这也许是大自然的刻意,让它们先熟,让它们腾出地块,好做麦场,然后迎接那小麦的收割和碾打。让这些大麦和油菜先填一填人们那饥肠辘辘的肚子,先给这肚子里增加一点儿油水,然后人们就有力气收麦了。当然,这些早半个月成熟的大麦和油菜,也是给那些耕牛和高脚牲口加料用的,在某种程度上,它们现在的身子骨比人更重要,麦收拉车,耕地,种下料庄稼,都得靠它们。

当从甘肃省过来的麦客子,肩上搭着褡裢,手里横握着一把大刈镰,三五成群地从官道上经过时,高村的人就知道了,该动镰割小麦了。于是夜来,就着月光,村子里家家户户都在磨镰,四处是一片磨镰声。

丰饶的平原哪,贫困的平原哪!

麦子收割,麦子入场,麦子碾打,麦子晾晒,麦子入仓。对于平原来说,这是一个收成中等偏上的年头;对于渭河畔的这户高姓人家来说,也是如此。

平原水涝

从终南山的山腰间,升起一朵云来。那云乌黑,狰狞,越升越高,慢慢地弥漫了整个平原。平原上刚才还是晴天红日头,一下子变得幽暗起来。

高村平原上的老百姓有一句民谚,叫作"骊山戴帽,长工睡觉",意思是说,骊山顶上有乌云升起,就要下雨了。说话间,"咔嚓"一声雷,铜钱大的一滴雨落下来,接着,哗啦哗啦,就像天河决了口一样,就像老天这个大穹庐破了底一样,瓢泼似的大雨落了下来。这雨一下,就是一两个月。

整整一两个月,高村平原像被泡在了水中一样,低的地方成了涝池,高的地方成了泥滩。那些房屋,一座接一座地倒了。没有倒的房屋,屋上的瓦渗饱了水,不再渗了,于是雨水越过瓦,从屋顶上流下来。外边下大雨，屋子里下小雨。

最可怕的是堆在场里的四十几个麦垛子，也都泡在了水中。压在底下的，发热、发霉、沤烂；搭在上面的，雨水泡得长出了芽来。至于那些还没有收回来的麦子，它们那麦秆端立在地里时，麦粒泡涨了，穗子就开始长芽儿。最后在急风暴雨中，又全部趴在了地上。

整整一两个月，天空一直是乌黑的。用高安氏的话来说，就像有一口大铁锅，扣在这平原头顶上似的。

高安氏迷信，她燃起一炷香，拿起镰刀、剪子往雨里扔。她跪在大门口说："老天要灭这一块地方的人了！我平时叫你们不要作孽，你们不听！看看，惩罚来了！"

这几年，经过大跃进、大炼钢铁的折腾，高村平原上，家家户户的家底都空了。人们本来希望，这一茬新麦下来，能有个弥补，现在，全完了。

整整一两个月头上，正当高村平原的人们已经绝望了，忘记了白天是个什么样子、太阳是个什么样子以后，突然之间，风停了，雨住了，打雷闪电没有了，一轮又大又圆又红又亮的太阳爷，出现在碧蓝碧蓝的天空，出现在高村平原的头顶，出现在高发生家那棵老槐树的树梢。

然后是赤橙黄绿青蓝紫，一条绛绛（这里是民间的叫法）——彩虹，像一张弓一样出现在天空。绛的一头搭在终南山上，一头搭在高家渡这一带的渭河里。

渭河涨水了。

其实在这一两个月的暴雨中，渭河一直在涨着，河心像肚子一样地鼓起，水流慢慢地漫往河滩。但那是小涨，是由于这一带下雨而引起的。河流突然暴涨了，这说明在上游也落了雨，而且是大雨。

人们脚底下的地皮，在微微颤抖着，仿佛地震一样；村子里的水井，本来就不深，现在突然混浊起来，水位升高了许多；渭河川道里，有一种轰轰隆隆向前滚动的声音，像闷雷一样。

最后，水头出现了。水头像屋檐一样高，有十里路那么宽，像一堵墙一样，向前碾去。

那水头上，堆满了高大的树木、房梁房檩、完整的棺材、船只、活牛、活羊等等，因此看起来是黑乌乌的。那大树上盘了许多的蛇，它们在哀鸣着，扬着头向天空吐着蛇信子。那棺材上，趴着一个活人，活人在凄凉地叫着："救命的爷呀，救命的爷呀！"听任他叫，高村老崖上，站了许多的人，可是没有一个人敢下水救他。

后来，只见一个大浪，将棺材打散，当那人再抓住一块棺材板的时候，棺材板上的铁钉扎住了他。那人便随着木板被浪头高高抛起，又被卷入波涛中，救命声从此停了。

茶摊

高家门口那棵老槐树，在经历过许多的世事沧桑以后，像一位老人一样，蜷缩着腰，伫立在官道的旁边，伫立在高家渡的老崖上。

它在早春的时候，开了一树的白花，这白花香了半个平原，崖下那流淌着的河流，又将这香气漂向下游的村庄。在努力地开过这一季花以后，它大约有些疲惫，树上现在有叶子长出，形成一个花盖，而那些白花在败过之后，开始结槐荚了。

春闲时节，地里没有农活。一个留着山羊胡子的老汉，在大槐树下支了个茶摊。他从家里，找了把旧了的、没有着过漆的小木桌，摆在老槐树底下，又用手拿脚踢，赶过来一群小木凳、交椅等等，围着这木桌摆了一圈。然后在茶摊边，支了个小火炉，用一个叫"挎子"①的东西，在咕嘟咕嘟地熬茶。

这茶叫"老胡叶子"，是平原上的人们经常喝的一种茶。那大约是茶叶里面最粗糙的、最廉价的一种，粗枝大叶，发黑发红。这老胡叶子，是四女的婆家过年节时送来的。四女还小，正在上中学，但是按照这里的乡俗，已经给她找好了婆家，等到她年满十八岁，到了法定结婚年龄，再结婚。

烧水用的柴，是柏木树根。当年盖房时，从老坟里伐了九棵树，做檩。那柏树伐了以后，树根还留在老坟里，老汉要三小子使些蛮力，把那九个树根依次刨来。树根堆到大门口以后，再用老镢头将这些树根破成碎片，碎片摊在阳阳坡上晾晒，风一吹，水汽下去了，这些柴就可以烧了。

那熬茶用的水，也是老汉支使三小子在渭河里担的。在这个年代，渭河已经重新回到了老崖底下，而那条渡船，也就在这老崖底下停着。

高发生老汉，这一生一直有个伟大的梦想，这梦想就是有一棵老槐树，老槐树下有一个茶摊，一个白胡子老汉，鼻梁凹上架一架二轱辘眼镜，脸上哈哈大笑，在这槐树下迎接那官道

---

① 方言用词。带弧形柄的水壶，形状似竹挎篮，多为铝质或铁质。

上过往的客官。老汉和这客官谈古今,论世事,喝酽茶。老汉什么也不为,仅仅自我陶醉而已。

平原上很静,静得有一根针落下来,都能听见。最静的时候其实是有声音的,那声音"汪儿汪儿""呜儿呜儿"地在空气中响着,在你耳边响着,在你脑子里响着。声音罩满了平原。

为什么有这种声音哩?不知道。不过这"汪儿汪儿""呜儿呜儿"的声音,更增加了这铺天盖地的寂寞。

老汉很孤独,老汉眼巴巴地注视着官道,希望有人来,成为他这茶摊上的第一个客人。但是很遗憾,官道上是那样寂静,根本没有什么物什来扬起黄尘。

馍馍

我天生是个烧包,背过婆以后,就把馍拿到手里,"显哗"去了。我先来到爷爷的茶摊,钻进爷爷怀里,坐在他的膝盖上,把白馍拿出来。

爷爷的眼睛泪汪汪的,这叫青光眼。他的眼神拉直了,瞅着我的手在动,有一股贪婪的光。他的没牙的嘴吧嗒了两下,有一股涎水流下来,已经到腔子上,他一吸溜,涎水又回到了嘴里。

我用指甲将馍馍掐下一点儿,庄严地放进嘴里。好久没有尝到粮食味了,唾液争先恐后地跑出来,我有一种满口生津的感觉。

"给我吃一口,一小口!我拿东西来换。"爷爷可怜巴巴地说。

"你拿什么换呢，爷爷？"我问。

爷爷在他的身上，乱摸起来。摸了一阵儿，他的脸红了，因为他的身上，实在没有什么东西可以交换。

"你的烟锅！"我提醒说。大人们叼着烟袋，那副吞云吐雾、悠闲自得的样子，早就令我眼馋了。

爷爷把烟嘴往袖子上擦一下，将烟袋让给我。

我庄重地接过烟袋，搭在嘴上。这时，我看见爷爷把馍拿在手里转着，窥测吞下去的部位。他没牙的大口张着，就像民间传说中的"血盆大口"，我连他的喉咙眼都看见了。

"只准吃一小口！"我不放心地叮咛了一句，然后，把烟嘴含在口里，屏住气，美美地吸了一口。

这猛地一吸不打紧，我只觉得头晕目眩，眼前金星直冒。我大大地咳嗽了一阵儿，只咳得肠肠肚肚好像都要翻腾出来了。

听到咳嗽声，婆一闪身子，到了槐树底下："你这个贪吃鬼托生的，你这个越老越不值钱的，跟娃争食吃！"婆这是在骂爷爷。

爷爷的心太贪。他的血盆大口，一下子吞进去半个馍，可是馍皮太硬，他又没有牙，馍卡在了他嘴里，吐又吐不出来，咽又咽不下去，咬又咬不动，爷爷憋得脖子上的青筋直蹦。

婆抢前一步，从爷爷的嘴里掏出这个馍，塞到我的手里："到没人处吃去，你这烧包。不要显哗了，吃到你肚子里，实在！"

爷爷使劲地咽着唾沫，看着我唱着歌儿走远。"我才不稀罕哩！"他说，"这哪里是白蒸馍，分明是干狗屎橛子！"

婆叹息了一声，就又回到屋里踏织布机去了。

我仍然不舍得把这个馍吃下去。我跑去找匣匣，匣匣走她外婆家去了。苗苗倒是在家，可是她家的门反锁着，她妈去剜荠荠菜，将她锁在了家里。我拿着馍馍，在她眼前晃了两下，觉得意思不大。

我来到了河边。

河边有个大姑娘，站在那里。脸刚刚洗过，又白又净。除了年画，我还从来没看见过这么漂亮的姑娘呢！

"你是谁？我不认识你！你不是高村的人，我知道！"我将馍馍放在胸前，大声地说。我疑她是水妖，婆说过，河里常常钻出一些陈年老鳖变的水妖，诱惑孩子们下水，然后把他们吃掉。

"我是过路客,要过河去!等船!"大姑娘说。

"那你到我爷爷的茶摊上喝口水吧!误不了事的,船还在对岸靠着。"姑娘没有搭话。她挺神秘地望了我一眼,然后招招手,要我过去。她说有悄悄话对我说。

我担心她会把我掀到河里去,迟疑了一下,我还是蹑手蹑脚地向她走过去。

她没有将我掀到河里,而是抢走了我手里的馍馍。这件事情发生得太突然,当我刚把耳朵贴在她的嘴巴上时,她说了句:"我饿!"然后猛地伸出手,抢了馍馍,向老崖上跑去。

我傻了眼,不明白发生了什么事。后来我明白过来了,我往地上一躺,四脚朝天,哇哇大哭。我喊:"我叫碎叔来打你!我叫碎叔来打你!你这个丑女子!你这个丑女子!"

古老的村庄

一棵树，上面有几片老叶。

这叶子说落吧，还没有落；说不落吧，它迟早要落。每有一阵风吹来，叶子都会摇摇欲坠，但是风一过，奇迹般地，叶子又会继续逗留在树上。树很痛苦，也很矛盾，它甚至有一种残忍的想法，希望这叶子能早一天落下去，这对它是一种解脱，对叶子也是一种解脱。

而对于叶子来说，它也有同样的想法。但是树继续站立在大地上，叶子则继续在风中唱着最后的歌。直到有一天，双方都麻木了，都被折磨得疲惫不堪了，这时，叶子在不经意之间，轻轻地、瓜熟蒂落地脱离母体。

这是在接到伯父去世的电话时，我那一刻的想法。

这想法像诗，而我在那一刻也真想把它写成一首诗。我在那一刻知道了：我们家族这棵斑驳古老的大树，又有一片老叶在2000年冬天的风中凋零了。

我的父辈老弟兄三个，是倒着走的。先是叔父，在十二年前去世；接着是父亲，在八年前去世；接着是伯父，在我接电话的这个时候去世。三个男性去世了，三个女性还活在人间，她们是我的三妈、我的母亲和我的大妈。

她们如今按老百姓的叫法，叫"寡妇"，按文化人的叫法，叫"遗孀"。她们如今虽然还活在人世，但已经如风中老叶了，哪一阵风中说下来，就会下来了。

高村是渭河平原上一个古老的村庄。高氏一族是什么时候在这渭河畔上居住，并世代繁衍，最后形成如今这两千多口人的大村子的呢？据说很古老了，但古老到什么年代，却无从查考。

在黄河象出没的年代，渭河平原还是一片沼泽。在七千年前半坡人筑穴而居的年代，渭河平原仍是一片沼泽。半坡人手执钓鱼竿，望着这沼泽出神。后来大禹治水，疏通河道，渭水泄入黄河，黄河泄入大海，于是八百里渭河川裸露了出来，成为沃野，于是人类一群一群地，携家带口，从山上和塬上下来，在这平原上居住。

高氏一族也许就是从那个时候，在这块冲积平原上定居的。换言之，高村这个同姓村子也许就是从那个时候开始形成的。

渭河平原上几乎所有的村子，也都是这样形成的。它们几乎都是一姓人家组成的一个村子。比如高村旁边的是安村，安村的旁边是季村等等。有时四个村子，像四枚棋子一样布成一个大村，人们便把它们连起来叫，比如"樊胡刘赵"等等。

在几千年的岁月更替中，这些同姓村子都表现出了高度的纯粹性和排他性。只此一姓，只此一族，绝不允许杂姓进入。到1949年新中国成立那一年，高村这个大村子，还是人人姓高，绝无杂姓。

这些高姓都是一族，以我家而论，在五服之内的，大约有十几户；五服之外的，离得近些的，亦有十几户；其余多数人家，隔朝隔代，离得远了，但是细细算来，还是"五百年前是一家"。

高村依着渭河。渭河是一条古老的河流。因为渭河，而有了丰饶的八百里渭河平原，而有了十三朝帝王之都古长安。高村就趴在这个渭河的南沿上，它距渭河入黄处大约有三十公里。用"趴"这个字眼很传神。的确，千百年来，高村就像平原上一种叫"趴地龙"的野草一样,紧紧地趴在渭河老崖上,历经年馑,历经战乱,风风雨雨,纹丝不动。

有一句老话叫"三十年河东,三十年河西",渭河也是这样,以三十年为一个摆动的周期。茫茫渭河滩,宽窄约有八里,号称"十里渭河滩"。河流这一段子,是往南崩,一片又一片的老崖崩进了河里,又在河对面造出平滩。三十年过去了,它停止了往南崩,又开始往北崩,于是南边的滩地就显露出来了。

两岸的人们,不知从哪个时代起,通过打官司,定下了"以河为界"这个种地范围。因此,哪边的滩地多一些的时候,哪边的日子就好过一些。滩地没有了,水逼到老崖了,这边的人就只好精耕细作老崖上面的一点儿可怜的土地,然后眼巴巴地等着河再往过崩。

我出生的那个年代,河流还在对面李家的那个老崖底下,但是已经开始气势汹汹地往过"崩"了。每遇一场河水,就会往过崩好深的一截子。那时的地还是自己的,爷爷叫了一帮人,火速地将滩里长的榆树伐下来,运回屋里,防止被崩到河里。这砍下的榆树后来盖了两间安间房。由于我的出生和房的建成在同一个时间,所以我的名字里面有一个"建"字,而"群"

字则是我们这个班辈的人后面都挂着的一个字。

在我出生的十年后,河流终于不可遏制地逼到了高村的老崖下。有好些户人家的房子还被崩进了河里,不得不把庄子往后迁。河流从此再也没有往回崩,原因是政府从老火车路上拉来了许多石头,造起了护堤。几十年又过去了,高村的人只好眼巴巴地看着河流永远地在自家门前打转儿了。

平原的铃声

平原上有一座古庙,古庙的四只角高高翘起。每只角上,都挂有一只风铃。这些铃无风自动,响声虽然不大,但传得很远很远。后来,这座古庙改成了学校,人们把那风铃摘下来,安个柄儿,成了学校的手摇铃。

记得,祖母在一个早晨,牵着我的手,把我送进了学校。上课铃声响了,我的头脑里第一次出现了时间的概念。生命的节奏开始了。

铃声在春天是甜蜜的、细碎的,像那潺潺的水声,并且带有一种青春的韵味;铃声在秋天是凄厉的、刺耳的,像那秋虫的鸣叫,并且带有一种感伤的成分。

自我沿着朝东的那条大路,离开故乡,那铃声便时时伴随着我，一会儿有如春天的铃声，一会儿有如秋天的铃声，我不能理解这是什么原因。现在，我回来了，我是走西边的大路，渡过渭河回来的。恍惚中，我感到我仿佛在地球上走了一圈，又回到原来的位置上一样，依然是村庄，依然是河流，依然是村头那风雨斑驳的古庙，依然是一张张熟悉的面孔。

不过，这面孔已经是下一代人的面孔了，我原来熟悉的那一代人的面孔，已经苍老得使我无法辨认了。

铃声又在平原上响起来了，春天是甜蜜的，秋天是凄厉的。但是，在我的听觉中，即使是春天，这铃声也变成凄厉的了，宛如那秋虫的鸣叫。因为我的生命已经过了春天这个季节了，我的听觉、我的视觉也随身体一同进入了秋季。在铃声有规律的摇动中，生命在一天天走完它的里程。

是的，我的视觉也已经变了，我不会再用小孩子那天真无邪的眼光，对着大平原唱美丽的歌谣了，对着身边的人群和那天外的世界害羞地微笑了。

在铃声中，太阳落入了远山那苍茫的山坳中。一群和我当年一样大的孩子，背着书包，走出了古庙。他们在田野上散开来，向各自的村庄走去，一会儿就不见了。

此刻，平原上只留下了孤零零的我，一个旅人。

远山的树

小时候,我随奶奶住在平原上。那是个同姓人家结成的小村子,村旁是一条河,远处,大平原的尽头,横亘着一座鱼脊状的山脉。

山脉逶迤,气势很是不凡。更奇的是,山脉顶端,生长着一排树,一棵一棵,匀称地排列着,延绵数里。从树干的空隙中,能看见更远处的蓝色天幕。树冠与树冠之间,自然交叉,把空气隔断,俨然成一面屏风。

那树木平日是看不甚清的,要看它,得在早晨或下午。一朝一夕,太阳成平射的时候,那树木便异常清晰地显示出来。

这还不算奇异,更奇异者,在于夏天的雨后。大雨刚住,空气洁净,能见度良好,天空还匆匆地奔逐着乌云。突然,一线光芒，从云朵中露出来，直射到远山的树木上去，顿时美不可言。突然，一阵疾风，树木开始猛烈地摇撼起来，就像一群长腿的仙女，手挽着手，一字儿排开，面对大平原翩翩起舞。

那时候，我是多么向往这一切啊。我还小，等我长大了，要做的第一件事，就是到那平原的尽头去，登上山冈，看一看那些精灵。

后来我终于长大了。有一天，我瞒着奶奶，走了几十里路，跨过铁路，来到山下。我登上了山，只是，多么遗憾呀，那些树木长得并不美，甚至比不上我家门口那些树。树干不那么笔直，树冠不那么俊秀，排列得也不那么齐整，而且，那缕缕白云也并不在树干间缭绕，而是在更远更远的天幕上。扶着树干，我哭了。

"谁欺侮你了，孩子？"奶奶在后边悄悄地问。

故乡的河

小时候,站在家门口的老崖上,看那一河汹涌的水,自天际而来。时而浑浊,时而清澈;时而成一股涓涓的细流,时而涌一扇几里的野浪;时而悄然无语,时而咆哮怒号;时而一夜之间向东岸崩去几里,抛给西岸一片新淤的草滩,时而又造福于东岸,而将西岸的人们,挤到远远的山脚下去。

我曾经看过几次发洪水的场面。倏忽之间,从这边老崖到那边老崖,十里渭河滩白茫茫一片。水自远方铺天盖地地汹涌而来,气浪仿佛要把整个渭河平原吞进肚子里去。泱泱黄汤,水面上漂满了各种家畜和连根拔下的古树,以及塌陷进河里的房屋的架子。一头耕牛,扬着头,在水面上一起一落,发出绝望的悲哀的叫声。

我清楚地记得,有一次,在河的中央,浪山与浪谷之间,有一个落水者抱一块木板,在沉浮着。这一沉一浮就是近百米远。在他被大浪吞没的一刻,两岸所有黑压压的人们,都松了一口气,希望这幕悲剧就此了结。谁知,他又从浪头下钻出来了,像野兽那样哭号着:"救命的爷呀,救命的爷呀!"那叫声令人惨不忍听。

在大自然的暴虐面前,人们只好发出无能为力的叹息,谁也不敢跳下水去。

偶尔顺着河面飞来了一架直升飞机,在落水者的头顶上停留了一刻,但是也无可奈何地飞走了。

我那时候第一次认识了大自然这种盲动的力,认识到奶奶的怀抱远不是可靠的。因为河水再升高一尺,就漫到平原上来了,即使它不再上涨,如果它愿意的话,它会很快把我们这个村子崩进河里。

我从那一刻对人类——我的同类产生了深深的怜悯,这种怜悯之情一直贯穿到我以后的生活中,和那些含着热泪写出的作品中。

记得当时,我哭了,我挣脱了奶奶的怀抱,一直沿着老崖向下游跑去，一边跑着，一边向河中心的遇难者呼喊，尽管他根本听不见我的喊声。我赤着脚，从麦茬地里跑过去，麦茬扎伤了我的脚，鲜血直流。这个人后来自然是死了。

他被一只大浪打下去后，就再也没有上来。有人说，那大浪上有一块破了的船板，船板上扎满了钉子。他是在下游几十里的地方结束生命的，我没能看见那一幕，因为河水流得太快了。我想他在结束生命的一刻，也许会有一丝安慰，因为我。

从那一刻起，我对家门口这条河，产生了一种隐秘的仇恨。记得，我曾经对祖母说："搬走吧，让我们搬到高高的原上去吧，住在这渭河沿上，多可怕！"河水已落，平原上又恢复了往日的安谧、平静，人们套上犁杖，又准备耕田了，或者疏通渠道，准备引渭河水浇地了。

祖母听完我的话，沉默了半天，自言自语地说："孩子，你懂什么！"

长大了，我知道了这条河叫渭河。从小学地理课本里，我知道了，平原是河流的冲积物，我生活的这块平原，就是渭河在那远古的年代里，冲积出来的。

从小学历史课本里，我还知道了，黄河流域是中华民族的发祥地，渭河是黄河最大的支流，渭河平原是中华民族的发祥地之一。

等到我离开渭河平原，远走他乡以后，我常常在匆忙的来去中，注视它一眼。我听到了关于这块土地上的许多古老的故事，我还在那些古老的遗址面前流连咏叹。我注视于平原上丰饶的土地和土地上星罗棋布的村庄，以及众星拱月般托出的那个千古帝王之都。

当我伫立于泾渭交汇处，看那两股激情的水流怎样腾起如梦如烟的雾霭，而那雾霭缭绕于古城上空，与古城铅灰色的古塔、红色的楼房、绿色的树冠，融成一幅美妙的图画时，我似乎明白了祖母的话的含意。

当我从空中俯视这块冲积平原时，看见了北边是金黄色的高原，南边是葱绿的秦岭，平原呢，平原像一块绿茸茸的玻璃，镶嵌其间。我的水流左盘右突，自河西走廊而来，带着命定的旋律，缓慢地、贪恋地东去。

我曾经试图找过我的小村庄，结果在河流转弯的地方，找到了它。那也许不是它，因为没有我的白发苍苍的祖母，站在河边高高的老崖上。哦，祖母已经过世了。

许多年过去了，我已经进入了成年人的思考阶段。我理解了我以前所不能理解的东西，我容忍了我以前所不能容忍的东西，我认识了我以前所没有认识的东西，我看见了我以前所没有看见的东西。今天，我再也不会对我的祖母说，让我们搬走吧。

我们不能离开你，渭河，任性的、喜怒无常的河流，谁让我们生在你的岸边呢？

我们仍然爱你，渭河，给我们以生息之地的河流，就像那些吟唱过"长安一片月，万户捣衣声"的古代诗人那样爱你，就像那些埋葬在你身边的平凡的劳动者那样爱你。

我们无言地捞起那些被你冲刷到黄河滩上的尸体，唱着哀歌将他们埋葬。我们在你一次又一次洗劫过的土地上，重新布下五谷。我们叫我们的孩子，像我们那样爱你，绵延至永远。

菜子地里

小男孩正在菜子地里逮蝴蝶。他脱去上衣，拎在手里，追上一个蝴蝶，就猛地扑过去，用衣服去捂。他的后边，跟着两个小女孩，小女孩解下自己的红头绳，拴蛾儿。

那个男孩好像是那时的我。那两个小女孩，一个叫匣匣，一个叫苗苗。

匣匣又叫省匣，她的父亲大约在省城工作，她住在我的斜对门儿。苗苗又叫"十亩地里一棵苗"，她的父亲就这么一个宝贝疙瘩，所以叫了这么个名字，她就住在我家西连墙儿。

这个男孩挺着个大肚子，在菜子地里一颠一颠。菜子苗已经发青，遮住地面，绿汪汪的，十分惹人爱。男孩的脚步过去后，菜子苗东倒西歪的。肚子太大了，这是被平原上的苞谷粥灌大的。裤带在肚皮上停不住，不时地腾出一只手，去提裤子。突然我发现怂恿我来捕蝴蝶的小姑娘，已经不见了，倒是有一条狗，一耸一耸地跟在我后边。这是我家的狗。

渭河在老崖下边，闪烁着雾澄澄的光芒，它的来路是一片迷蒙，它的去路也是一片迷蒙。它的岸边，靠着一只渡船，一个艄公，扶着篙，正在发呆。而在老崖远远的下游，一个半大小伙子，手提兔拐①，正在快快地走着。这大孩子是我的"碎叔"。狗是他引出来的。他在给生产队看苜蓿，这是回家去吃饭。

不见了两个女孩，我捉蝴蝶的兴趣一点儿也没有了。

我踢了狗一脚，开始翻转身子，寻匣匣和苗苗。

匣匣在老崖底下剜观音土吃。她趴在那里，吃得认真极了。看见我，她向我招了招手。我看见她满嘴流油，我说："我去叫你妈来打你。"

匣匣回嘴说："我妈也背过人偷偷地吃哩。"我这时也确实感到自己饿了，前腔子搭到后脊背。一想起爷爷说过的"要饿我一顿饭"这句话，我也就不客气地一个马趴，趴在地上，像狗一样啃起泥土来。

---

① 兔拐是一种民间猎兔用具，通常一米长，和锨把一般粗。有的一端带弯头，有的是直木，用来拨弄着捅草窝，同时也作为指挥猎狗围剿兔子的"指挥棒"。

我的儿子正在成长

儿子正在上高三,也就是说,今年"黑色七月"的高考中,他也将是那需要经历磨难的一分子。因此,现在我们全家三口都处在一种紧张状态中,大家全力以赴,为了一个目标,那就是让儿子能考上一个好的大学。

我没有上过大学,这是我终生的遗憾。我是"文革"期间高中毕业的,那时大学不招生,我毕业之后就当兵去了。当兵五年回来后,正赶上1977年恢复高考,我说"让我去试试吧",于是放下行囊,我就走进了考场。

语文我不怕,因为我在部队的时候,就发表过一些东西,特别是作文还是有一定的基础的。但是我怕数学,因为在五年的爬冰卧雪中,数学全部忘光了。数学考试中,我面对着试卷,白白地坐了九十分钟,我一道也不会答。即便是中途向旁边的考卷上瞄上几眼,想抄袭一下,也不行,因为我压根儿连那些字母谁是谁都不认识了。

那时候的高考有一项规定,不能有一门考卷是零分,如果有一门是零分,那么别的考卷分数再高,也不能录取。此项举措是针对"文革"期间那个大名鼎鼎的"白卷先生"张铁生的。张铁生把教育界折腾苦了,所以复出的教育家们想出了这么一条惩罚措施。

愚者千虑,必有一得。在如坐针毡的九十分钟里,我终于从这张可恶的数学试卷中发现了一个出题人的破绽。有一道大题是判断题,下辖五道小题,那题说:下面诸小题中,如果是对的,请划一个√,如果是错的,请划一个×,每个小题两分。研究了题后,我一阵窃喜,我明白中国是一个中庸之道的国家,这五道题,不可能全是对,也不可能全部是错,肯定有一部分是对的,而另一部分是错的。于是我毫不犹豫地给五道小题全部划上了√,划完以后,立即交卷。

"只要不是零分就行了!"我对自己说。

我后来没有考上大学。既然榜上无名,我也就将高考这件事丢在脑后了，数学到底得了多少分，我也不去管它了。后来，工厂里有个女工，到招生办查自己亲戚的分数，顺便查到了我的分数，回来见人就宣传，说我的数学得了六分。这样我便知道了五道判断题，有三道是对的，两道是错的，我的六分就是这样蒙来的。

没有上大学是我终生的遗憾。我不是羡慕那张毕业证书，而是羡慕大学校园里那自由的空气。前年，在北大校园，我对招生办主任说，等我儿子将来考上北大的话，我也自费来上，做个陪读。这主任说，我们请你来做个客座教授。我说不敢，还是让我从学生做起吧！

但是我到底没有上过大学！

作为弥补，我要让我的儿子接受最好的教育。这是这个小生命呱呱落地的那一刻，我对他的承诺。他上的是重点小学、重点中学，我们希望他能在经历今年的"黑色七月"之后，上一所理想的大学，然后有可能的话，再到国外去深造。

他是儿子，但是在感情上，我们更像兄弟，这是有一次当我教他如何与人握手，我做示范让他伸出手来的那一刻感觉到的。一只厚厚的、被蘸水笔杆磨得满是老茧的大手，与一只修长、纤细、羸弱的手握在一起时，我的心里突然一阵颤抖，我体会到了一种兄弟般的感情。

儿子是善良的，生活在一个正直的家庭里，他的身上又有一种高尚和真诚的东西，这是饱经沧桑的我们这一代人身上所丧失的东西。仅仅因为这一点，就足以令我对他产生敬意。

记得他七岁那年春节的时候，我从市场上买回几只鸡。我蹲在院子里磨着菜刀，准备杀鸡，旁边站着的儿子突然号啕大哭起来。"鸡真可怜！"他指着蜷缩在一旁的鸡说。那惊天动地的哭声叫人震撼，好像屠刀指向的是他，好像世界末日就要来临了似的。

儿子从小到大，我几乎没有介入过他的生活。他像一棵笔直的杨树一样，是在自由的空气中，在我们浑然不觉的情况下，突然长大的。

记得我介入过的事有三件。

第一件是儿子上幼儿园大班的时候，有一次我从街上走过，看见三个女同学正在欺侮我儿子。她们把儿子的书包扔到公共汽车站的遮雨篷上去了，然后，三个女孩子站在那儿拍掌大笑，儿子则站在一旁哭泣。我走上去，大喝了一声，三个女孩子吓跑了。我对儿子说："男子汉哪,你不会用手去打她们吗!"听了这话,儿子伸出手来,瞅了瞅,不语。见状,我叹了口气,攀上一棵林荫树,为儿子取下了书包。

第二件是儿子上小学二年级时,他滑旱冰摔了一跤,小腿骨折。后来,我为他做了一副拐杖,又到街上为他买了一盘台湾歌手郑智化的磁带。于是有半个学期,儿子挂着拐杖,模仿着郑智化的模样,站在阳台上唱郑智化的歌:"他说风雨中这点痛算什么,擦干泪不要怕,至少我们还有梦!"这支歌伴随着他伤愈,重返学校。

第三件是儿子上初中三年级时的事。班上有两个同学打架,老师匆匆赶到教室时,打架已经结束了。老师问打架的是谁,连续问了几个同学,都没有得到回答。

老师后来说:"我的这六十多个学生中,难道连一个富有正义感的学生都没有吗?不要让老师提问了,哪个学生如果有正义感,请站起来作证。"老师喊了三遍仍然没有学生站起来。年轻漂亮的女老师哭了,她说她把全部的爱和感情都给了这些孩子,想不到培养出来的竟是这么一群世俗和冷酷的人。女老师哭着跑出了教室,她发誓从下学期开始再也不当班主任了!

儿子回来将这事告诉了我，我说我坚定地站在老师一边，我谴责了儿子，我说你应当勇敢地站起来，指证这件事。儿子辩解说，他不能，他要保护自己，如果那两个调皮学生串通了"黑社会"来找他的麻烦，那他就惨了。

我说，人有时候是需要傻一点儿的，需要拍案而起的，需要舍生取义的。我举了个谭嗣同的例子，我说："谭嗣同说，既然变法需要流血，那么这第一滴血就从他流起吧！当然，你们班上的那一点儿小事与谭嗣同的事，根本不能相提并论，但是你必须从小就学会做一个独立的人，做一个不向恶势力低头的人，绝不能做那'沉默的大多数'。"儿子听了，低下头去，记得，这是我说儿子说得最重的一次。

我是一天天老了，儿子是一天天大了。光看着儿子成长这一诱人的景致，就足以令我们热爱生活和赞美生活。春节前，儿子的学校评选礼仪先生，儿子被评为他们班上的礼仪先生。儿子回来后要我领他去拍一张大照片，说墙上要贴，我追问了半天，才知道是这么回事。我细细瞅着儿子，突然发现他长大了，成了个"帅哥"。

去年儿子班上分科时，他征求我的意见，我说文科也好，理科也好，你自己决定吧！结果儿子报了理科，准备将来考计算机专业或别的什么专业。分班大半年以来，他突然对文学又有了强烈的兴趣。有一次他谈到贺敬之的《回延安》，于是我拿出我1982年采访贺敬之时拍摄的照片，课本上的人物一下子变成生活中的人物，这叫儿子觉得很新奇。

还有一次，儿子在翻阅李若冰的书时，被书深深地吸引住了。"我的一生注定属于远方那一片草原和戈壁滩的。每个人都有自己的命运，而这就是我的命运。"儿子念着李若冰书中的这些话，觉得这些话说得真好。两个相隔了将近六十年的人的思维竟然能这样相通，这叫我高兴。

还有一次，儿子读了《少年路遥》那篇文章，回来谈起，我告诉他说，路遥你应当还记得吧，他就是经常到咱家来的那个黑黑胖胖的叔叔。我还说，路遥去世之前，我去看他，路遥的第一句话就是："强强该上小学二年级了吧！"没想到那时候他还能惦记我儿子的事。我说的这事，也叫儿子感到惊讶。"路遥叔叔知道我呀！"儿子惊讶地说。

还有许多文学方面的事，只要他提起个头，我便能说上一大串。也许，正是这些勾起了儿子对文学的兴趣。

"你后悔报理科了吗?"我问。

"不,我不后悔,我还是学理科吧!大学出来后,有兴趣,业余写写文章,也是一件美事!"儿子回答道。

我的堂妹

我常常为堂妹的命运担忧呢。

一个普通农家的女孩子,平原上的五谷使她出脱得一表人才。那年我回家探亲,她正在村头的古庙里上学。我到学校里去看她,在操场上碰见了她的几位老师。教室里传来了歌声。老师告诉我,那声音最亮的,就是我的堂妹,她将来也许要成为歌唱家呢。

到五里之外上完了高小,到十里之外上完了初中和高中,堂妹没有考上大学,也没有丝毫成为歌唱家的希望了,她回到了农村。

堂妹的母亲扔给了她一把锄头,什么话也没说,就随着上工的铃声,下地去了。走到半路上,回头望了望,女儿并没有跟上来，而是挂着锄，呆呆地望着门前的公路。

提亲的跟着进门了。我的堂妹将要和她的母亲、她的祖母一样，嫁到一个人家，在平原上生儿育女，尽一个农家女儿的本分。

堂妹不甘于这种命运。大凡农村爱虚荣的女孩子，对城里人总抱有一种神秘感。

她们以为自己有几身城里人的衣服，就和城里人平等了。后来发觉不是，于是学城里人的烫发，学城里人的谈吐，学城里人的风度。直到最后，才突然明白了，这些都是表面的，城里人和乡里人的本质差别只有一点——户口！

堂妹来到了城里，找到了我的父亲，过继给了我家。这样，几番周折，她安下了户口，找下了工作。我曾多少次劝告堂妹："生活是严肃的，残酷的，你应当安于本分。城市的生活虽好，但不属于你。"堂妹孩子气地笑一笑，不以为然。

彩虹在堂妹面前只闪现了一下，就消失了。堂妹的城市户口被下了，工作自然也没有了（她还是先进工作者），那些纷至沓来的求婚者，也销声匿迹了。

握着户口，站在农村和城市的交叉地带，堂妹秀气的脸上挂满了泪珠,她用求援的目光望着我们,可是,谁也无能为力。

城市容不得她,农村也容不得她了,她的那些女同学们现在都已经抱上了娃娃,她将作为一个笑柄被人背后议论。她自己也不愿以一个失败者的形象出现在故乡。

她把户口本装进兜里,找了个黑黑的、讨不起媳妇的工人。她在一夜之间由一个浅薄的人变成了深沉的人。她咬着牙,在城市的边缘居住了下来,靠打零工生活。

一年后,她为工人生了一个儿子。

庄稼姑娘的第二代在城市里出生了。由于母亲没有户口,儿子也就不给上户口。我不懂这些,我是听堂妹说的。她说子女的户口是随母亲的。

堂妹正在以正当的理由为她的儿子申请户口,据说已经办得差不多了。她很乐观。

她生活得很艰难,但很充实。她咯咯地笑着,逗着孩子。我们家族那种坚忍地与命运抗争的精神,看来,在她身上复苏了。

挑食的孩子

我的姐姐把她的两个宝贝放在我们家。孩子倒也聪明、听话,只是有个很大的缺点,就是吃起饭来挑食。大肉是绝对的不吃,别的肉蜻蜓点水地尝一点儿,蔬菜也不太吃,鸡蛋嘛,有一阵子拼命地吃,有一阵子嗅都不敢嗅,主食也是吃得很少的。

有时候,他俩早上到学校去,晚上才回来,一整天不吃东西,竟没有一丝饿意,真是奇怪。有一天,我偶尔谈起这事,同事们说,现在这样的孩子多得很,条件好了嘛。

一句话引起我深深的感慨。我像他们这样大的时候,正闹1962年的大年馑。那时我是多么能吃呀,吃光了囤底扫下的几粒小麦,吃光了叔父从外边买来的油渣,吃光了门前那棵榆树的树皮和树叶,后来就没有东西吃了,只好把剥了粒儿的玉米芯子，碾成面，炒着吃，最后只好到老崖上去挖观音土吃。

春天来了，一群孩子，趁着夜色，捋生产队的苜蓿吃。那时，我的肚子大得像一口锅，怎么填也填不满，现在想起，多么奇怪呀！

我常常一个人滑稽地想：如果把我的童年放在现在，我一定顿顿满足肚子的要求；如果把现在这些孩子放在那个时代，那囤里的几颗粮食就够他们吃了，就不至于闹大年馑了。

第
 三
 辑

在边疆的岁月

关于军训的事

中学生"军训"这件事,不独在中国,好像在世界大多数国家,都在实行。以我这个当过兵的人看来,这确实是一件好事。军旅生涯能培养人的集体主义精神,能叫人吃苦耐劳,能叫人变成一个大气的人。这是我的体会。

我曾经应邀到一个训练基地去给这些正在军训的孩子讲过课。基地为我出的题目是"你是如何从军人到作家的"。一进入军营,满地的橄榄绿,充耳皆闻的口令声、脚步声使我有一种恍惚的感觉,仿佛自己又回到了从前。我觉得自己在那一瞬间又年轻起来了。

记得孩子说过,军训结束分手时,他们抱着他们连长的肩膀,哭起来。这话在当时叫我感动,在这个以自我为中心的时代里,世间还有这么真挚的感情，这是军训带来的。

记得某一年，中国的一个研究机构做出调查说，中国的下一代与日本的下一代相比，意志、体质诸方面会弱上许多，在未来竞争中中国肯定会处于劣势。那时我就对这句话不以为然，觉得我们的下一代会比我们更优秀，而现在，孩子们的这些表现，更是让我有了信心。

一个冬天的童话

1975年的冬天，是一个多雪的冬天。从10月份开始，阿勒泰草原一个礼拜吼一场大雪。雪将戈壁滩严严实实地封住，积雪最深的地方深达两米。巡逻时，一不小心，连人带马就栽到雪坑里去了。位于中苏边界那被牧人称为"白房子"，军用地图上称为额尔齐斯河北湾边防站的地方，成了一个与世隔绝的孤岛。

一个放晴的中午，前面有兵团斯大林一百号推土机开道，边防站来了一辆吉普军车。车上走下来一位老军人。老军人个头不高，大约有一米六二，但是很雄壮，或者用陕西话说很"魁"。他两手总插在上衣口袋里，走起路来迈着标准军人方步，胸膛前挺，一步迈出七十五公分。他和我见过的别的老军人不同的地方是，上衣口袋别着两支笔，一支钢笔，一支圆珠笔。老军人叫那狄，时任新疆军区北疆军区政治部主任。

他是老延安，大约是1946年到延安的，是东北满族人。这次他是到边防一线搞调研。那主任在边防站住下以后，原来的日程是两三天后就走，想不到，天空又飘起了鹅毛大雪，因此那主任一行只好住下来，一住就是十五天。

我从事文学，或者说，我将自己的一生，与这件被称为"文学"的可诅咒的莫名其妙的事情捆绑在一起，是因为那主任的这一次行程，或者说因为导致那主任滞留白房子的这一场大雪。

我是1972年12月14日从家乡临潼县何寨公社东高村穿上军装的。16号到西安火车站集中，一群三百多名关中平原上的农家子弟，被装在一列刚拉过马匹的铁闷子火车上，冒着珍宝岛和铁列克提的硝烟，开往中苏中蒙边界。

这批陕西兵在乌鲁木齐改乘汽车时，被分为两拨，一拨前往中蒙边界，一拨前往中苏边界。我去的是中苏边界。那路途上所受的折磨，现在想起来还叫人害怕。我途中感冒了，使劲地呕吐，肠肠肚肚好像要吐出来了。

一排三十六个人，都坐在一辆卡车上，坐成四排，屁股底下坐着背包。大家面对面坐着,穿着臃肿的皮大衣,脚下毡筒,膝盖与膝盖,严严实实地交错叠在一起。这时我要吐了,眼看就要喷到对面人的脸上去。我急中生智,从手上脱了皮手套下来,将秽物吐在手套里。秽物吐到手套里后,很快结成冰疙瘩。

一天坐车下来,到了兵站,我做的第一件事情是将手套放到火墙上去消冰。冰疙瘩消了,再将秽物倒出来,这手套明天还要继续往里吐。记得路过奎屯、在乌尔禾、在克拉玛依、在布尔津,几乎路途上的每一个兵站里,我都做过这样的事情。

就这样来到中苏边界,在漆黑的大雪飘飘夜晚,顶着界河对面的照明弹、泄光弹、穿甲弹、信号弹等各种光亮来到白房子。那里大致位置有个喀纳斯湖,大家都知道。那里是我们一连,叫白哈巴边防站,沿着边防线;下来是二连,扎木拉斯边防站;下来就是三连,我的边防站;下来是四连,克孜乌雍克边防站;下来是五连,阿黑吐拜克边防站。

那主任来到边防站时,我已经在这个充满凶险、与世隔绝的边防要塞,当兵快三年了。三年中我写了不少的诗,在纸片上写,在本子上写。大约一种罗曼蒂克的情绪突然钻入我脑子里,促使我写下这些东西。"额尔齐斯河滚滚流向北冰洋,岸边有一座中国边防军的营房"，这是我给边防站办的国庆节墙报上写的诗。

那时国内有两家公开刊物，一家是上海的《朝霞》，一家是北京的《解放军文艺》。连队订有《解放军文艺》，只要能找到，我就去看。在这五年中，我只看过一本小说，是苏联叫《多雪的冬天》的书，是我从开巡逻车的司机的驾驶室里找到的。

《瞭望登记簿》，那上面往往会有"三号口有苏军潜伏哨两名""苏松土带一侧有装甲车驶过"等字样。这些填完，再填上"哨兵高建群"。填完《瞭望登记簿》，那枪还在火墙上消着，等到消透，还得一段时间，于是我就着那盏油灯，开始在一个小本上写诗。现在仍记得那天晚上写的那首小诗，诗名叫《给妈妈》：

巡逻队夜驻小小的山岗，

晚霞给他们披一身桔黄。

远方的妈妈，如果你想念儿子，

请踮起脚尖向这里眺望——

那一朵最美最亮的云霞，

是巡逻兵刚刚燃起的火光!

巡逻队行进在黎明的草原,
草原像一只偌大的花篮。
远方的妈妈,如果你想念儿子,
请……

很明显,这个面色黝黑、愁容满面,因为骑马巡逻而磕掉一颗门牙的士兵,是在想家了。遥想渭河畔那个小村子,想他的母亲,想他的年迈的婆和爷。他本该是想用这一段时间来写一封家信报平安的,结果写成了一首诗。

正当我在巴掌大的小本上埋头写诗时,门开了,走进来两个军人:一个是那主任,另一个是那主任带来的干事,陕西人,叫侯堪虎,我们叫他"侯干事"。干部查哨、查铺,这是一项传统,是最正常不过的事情。这时是凌晨一点,那主任一行没有睡觉,查完铺后才去睡觉。

那主任问我在小本上写什么。我说胡乱写。枪还是在火墙上靠着,等着消冰,这段时间就没有事,可以在小本子上胡乱画。

那主任说他要看这个小本,看我在上面写什么。我拼命地用手捂着,把这小本死死按在桌子上,不让他看。我有些害羞。那些最初写作者,当将作品拿出来示人时,大约就像我这满脸窘态。

那主任已经伸出手来,抓到了笔记本的边沿,但我把本子压得更紧,坚持不让他看。我说,这本写得太潦草,等我明天将它誊写清楚,再给那主任看。谁知他说他是政工干部出身,越潦草的字,他就越能认得。侯干事赶过来给他帮忙,抢走我手中的那个本子。

原来那主任是起了疑心,不知道我在那个小本上写什么。

在白房子暴风雪呼啸的夜晚,三班的营房里,就着这如豆的灯光,双方为写诗的小本争执了好一阵子。争执的结果大家可想而知。这个懦弱的面色黝黑的小兵,乖乖地将手掌大的笔记本交出来。

那主任接过了笔记本,他戴上老花镜,就着灯光开始看起来,越看面色越严峻凝重,呼吸越急促。他大约想不到会是这么一个结局,大约想不到在这样荒凉的、险恶的中苏边界一个小小边防站里,在这古尔班通古特大沙漠的北部边沿,竟然有一簇文学冲动，有一个不起眼的小兵在从事写作，或者用大家在说的话说，在"搞文学"。

那主任看完了小本，他过来拥抱我，他的眼睛有些湿润。他随手将小本交给侯干事，让侯干事用正规的稿纸将这些诗作誊清，然后寄往《解放军文艺》杂志社。他对我说："《解放军文艺》的人我都认识，我原先是他们的领导。诗歌散文组组长叫李瑛，编辑有韩瑞亭、纪鹏、雷抒雁等等。我写一封推荐信给他们，告诉他们今天晚上发生的事情，告诉他们我此刻的感受。"这就是那个冬天发生的故事。

过去了四十余年，却栩栩如同昨日。那主任拿着我的那个小本走了。我开始擦枪，擦完枪以后，上到铺上去睡觉。那是班长睡的头铺。别人早在呼呼大睡，我睡在床上，用两只手抱着两个冰凉的膝盖，才慢慢地睡着了。

几天以后雪停了，那主任一行离开，仍然是兵团斯大林一百号开道，把雪压实，吉普车跟在后面。第二年，也就是1976年八月号的《解放军文艺》上，刊登了我那小本上的三首诗，标题叫《组诗：边防线上》，署名是"战士高建群"。里面有《给妈妈》那首，另两首是《装蹄员的心》和《边境线上的小河》。

而我接到杂志，已经是10月初的事情了。那年的9月9号，发生了一件大事，就是领袖毛泽东的去世。那天我带领我们班种菜，一个合阳兵，是个马倌，他骑马跑来报告说，赶快回边防站，钻地道，准备打仗，毛主席"老"了。

这样，我们全站人员剃成光头，穿着皮大衣，钻进戈壁滩上原先挖好的水泥工事里。几件换洗的衣服，一点儿零用钱，包成一个包裹，放进营房的储藏室。包裹上写下了家乡地址和自己的姓名。一旦你阵亡，这包裹将由别人代你寄走。记得给领袖开追悼会的那天，下着大雨。

全边防站的人，一个挨一个，顺着地道站了一里多长。一个小发电机在发电，隔一段有一个电灯泡。收音机里播放着哀乐。这时炊事员进来送饭，穿着往下滴水的雨衣，说外面正在下雨。

我接到杂志大约在10月初，人还在地道里。炊事员进来说，兵团的邮递员骑着马，站在围墙外面喊着我的名字。我走出地道，翻过沙包子，接过邮递员从绿色邮包里拿出的两捆杂志。

除了杂志，还装有几沓稿纸和一个《解放军文艺》社的采访本。那两捆杂志不知道经过多少人的手寄到这遥远的边防站，原先的包装全磨光了,路途中又包装过,又用绳子捆过。

这就是我的文学作品第一次变成铅字的经过。人们说这叫"处女作"。这个意外发表鼓励了我,或者说蛊惑了我。自那以后,我就一直傻乎乎地热爱文学,从事写作,直到现在。那主任回去后,还给我寄来了一些书。

后来我回到地方以后,还将我新发表的作品寄给那主任汇报,并且接到过他的回信。据说,他后来担任新疆军区政治部副主任、主任,被授予中将军衔。现在他可能已经过世,关于他后来的事,我是听新疆回来的战友说的。

我是1977年的4月10日,离开边防站,坐着大卡车,从额尔齐斯河的冰层上回到哈巴河县城,然后返回家乡的。1987年,我写出那部著名的小说《遥远的白房子》,作为我对那段军旅生活的纪念,作为我对领我走上文学道路的尊敬的那狄主任的一份回报。

我待过的那个边防站,全称叫额尔齐斯河北湾边防站。当地牧民叫它"白房子边防站",这是清朝以及国民党统治时代的叫法。边防站辖区内有一块55.5平方公里的争议地区,由于一直由我方控制,所以,在后来中苏、中哈重新勘界、栽桩中,它被划归为我方，成为不再有争议的中国领土。

那条叫作额尔齐斯河的注入北冰洋的河流，那座横亘在中亚细亚地面的阿尔泰山，那块干草原，那座白房子，它是如此深地揳入我的生命之中，每次想起它都会给我带来一种病态的深深的忧郁。

白房子是我的梦魇之乡，我心头永远不可磨灭的烙印，我的十字架。许多年来，我像蜗牛一样背负着我的十字架，走着我蹒跚的人生。因为它，我才成为现在的我、独特的我。

我的第一次骑马

第一次扶我爬上马背的人叫孟群立。

他是七一年的兵，河南灵宝人。他的家乡在伏牛山区，就是老子出函谷关走过的那地方。老孟的家大约在伏牛山最深的山里，大家常取笑他两件事。一件是，接兵的到他们村上时，村上的老年人见了穿军装的，点头哈腰地叫"老总"。

一件是，他家的孩子特别多，好像有十三个。父亲每次跑三十里路，到集市上去买一批碗，下次遇集时，这碗就被孩子们打烂了，只好再去买。后来，父亲生气了，不再去买碗了，而是从山上砍下来一棵大树，除去树枝，再在上面剜上十三个坑坑。

这棵大树就横放在台阶上，吃饭的时候，母亲端个盆子，拿个勺子,给十三个坑里面一勺一勺地添饭,然后十三个孩子顺着台阶爬成一排,一人占一个坑。这些,是他们老乡之间相互调侃时说的话,不知道实不实。

我是七三年的兵。我到边防站时,老孟已经当兵两年了。他当时是马倌,后来做我们的副班长。所谓马倌,就是从一茬新兵中,选一个最能吃苦耐劳的让他去放马而已。放马这工作很辛苦。马无夜草不肥。冬天的时候,凌晨三四点,就要把马放出去,让马到雪地里去刨草吃。如果巡逻要用马,早晨还要再将马赶回来。

我分得的那匹马在军马登记簿上叫"白顶门"。顾名思义,它的额头上有一团白。除了这点以外,全身都是一种鼠灰色。这是一匹典型的伊犁马,骨架很大。交给我时是一岁半,在此之前还没有人骑过它。

老孟领我们来到马号里,让我们认自己的马。他指给我们以后,会教我们怎样去抓。我的"白顶门"站在那里怯生生地看着我。老孟先大声吆喝了一声,算是给马提个醒,然后,他挥舞着手里的马笼头,扔过去,马笼头搭在了马脖子上。

"白顶门"感觉到了脖子上的笼头,以为自己已经被抓住了,于是站着不动了。老孟于是快步走过去，先伸出胳膊将马脖子搂住，然后给马迅速戴上笼头："马被抓住了，你给它刷一刷毛吧，培养感情。"

这样我便接过马缰绳，开始刷。刷毛用的是一个铁做的刷子，像我们刷鞋用的刷子，或者像女人梳头用的那种齿很多的刷子。我给"白顶门"刷脖子、刷肚子，老毛纷纷掉下来。马最敏感的部位是耳根子那地方。

老孟说："你用手指头在那里挠，它会很舒服的。"老孟还说，他老家农村的那些吆大车的，遇到马惊了，一声响鞭，打到马的耳根子上，马登时就疼得卧倒了。

我照老孟说的去挠，"白顶门"果然舒服得全身直打哆嗦，一双大眼睛友爱地看着我。后来，"白顶门"突然移动身子，把屁股朝向我。我吓坏了，以为它要踢我，于是赶快趔开。"不是的，它是要你为他刷屁股！"老孟在旁边笑着说。

然后就是配马具。

取下笼头，换成马嚼子。马嚼子上有一根铁棒，从马嘴上穿过去。铁棒两端是帆布带，这带子正是骑手握着来指挥马的。接着给马上放上鞍鞯。鞍鞯上面，再披上鞍子。鞍子搭上后，再系上一前一后的两个肚带。最后,再掀起马尾巴,套上后鞘。

这一切都是在老孟的指导下,由我来完成的。

在完成的时候,老孟在旁边告诉我,马鞍上那个地方叫"鞍桥",那个东西叫"马镫",那个东西叫"马镫革"。记得在系马肚带的时候,他说,肚带一定要系好,骑兵有一句话,叫作"骑手的命就系在马肚带上"。

这一切完成以后,最重要的时刻就来临了,那就是上马。

"你不要怕。你记着,永远得用一只手,死死地勒住马嚼子。这就是你的方向盘。现在,你用一只手拽马嚼子,另一只手搿住鞍桥,然后伸出左脚,探实马镫子,跃身上马!"老孟在旁边说着。

说着,不容分说,当我的左脚刚刚踩住马镫子时,老孟伸出两手,将我的屁股一抬,这样,连我自己也没有意识到是怎么一回事,就坐在了马背上。

"坐稳,屁股不要坐实,这样会颠出泡的。两腿夹紧,两只脚向下用力,你的重心低一点儿。眼睛要往前看,不要用手老搿住鞍桥。"老孟说。

老孟牵着马,在马号里走了两圈,然后,把马号门口横挡着的那根圆木取掉,接着,在我毫无思想准备的情况下,突然朝我的马屁股打了一笼头。

这样,"白顶门"冲出了马号,奔向了白雪覆盖的戈壁滩。我则像一个醉汉一样在马背上摇摆。

背后传来老孟爽朗的笑声:"不要怕!哈萨克族有一句格言,马背上摔下来的都是胆小的!"

我就这样开始了第一次骑马。

我就这样骑着马,在中苏边界上巡逻了五年。

我杀死了三头野猪

两只野猪躺在林间的空地上晒太阳。它俩个头很大,从露出嘴巴的獠牙算起,直到尾巴尖,肯定有两米长。野猪的通身是白色的。这是两头母野猪。它们躺在空地上,很舒服地睡着,两排奶头像大衣的双排扣一样,整齐地在肚皮上列成两排。这座原始森林里长着高大的柳树和新疆杨,中亚细亚的阳光,透过树荫照下来,一道一道洒在它们身上。

我们是偶然间闯入这一片空地,与这两头野猪相遇的。大家都大大地吃了一惊。"快跑,悄悄地!"副站长说。可是,没容我们跑出多远,这两个家伙就醒了。醒了的它们站起身子,并没有攻击我们,而是慢慢吞吞地跟在我们后边,一起进了边防站。

进了边防站以后,我在一班,于是我跑进一班宿舍,把门关紧。谁知,这两个家伙也跟了进来。双扇木门对它们来说,真是小意思。它们大嘴轻轻地一拱,门就稀里哗啦地破了。进得门来,这两个家伙依旧没有攻击人,而是都撒了一泡又臊又黄的尿,把水泥地弄得湿漉漉的,然后,它俩躺在尿上,呼呼大睡起来。

　　全班的人吓得只好跑到了操场上。这里是中苏边境上的一座边防站,紧靠着额尔齐斯河。河两岸,有长长的原始林带。这林带一直通到西伯利亚,接着又通到北冰洋。我们招惹这两头野猪的地点,就是在额尔齐斯河与界河(界河叫阿拉克别克河)的夹角处。那里的林子更密。

　　操场上,大家惊魂未定,议论纷纷,不知道该怎么办才好。我是火箭筒射手,我说,只消两颗火箭弹,就将这两个家伙消灭了。可是指导员不同意我的话。指导员说,这两个家伙弄不好不是野猪,而是家猪,不过走入森林的时间很长了,他们或是咱们边防站早年走失的,或是兵团人走失的,或是对面的俄罗斯人的集体农场走失的。

　　指导员很为自己的见解自鸣得意,于是又进一步发挥说,这两个家伙的个头，世所罕见，如果我们能把它们留下来，与边防站的公猪交配，那一定会产生一个优良品种，这将是对人类的贡献。

指导员的高调固然好，可是，眼前这个难题怎么解决呢？指导员有办法，他让猪倌去炊事班端一盆猪食来，去引那两个家伙。猪倌是湖南兵，长着个赤红脸尖下巴，像个猴子，所以，我们叫他"小猴子"。"小猴子"平日胆子最小，但是此刻军令如山，前面是崖，他也得跳了。不过，事情也真蹊跷，当"小猴子"端着盆子，用一根木棒敲着盆沿，嘴里哼着湖南民歌《浏阳河》的小调，走到这两个家伙跟前时，这两个家伙居然没有咬他。

于是"小猴子"胆子大了起来。"你们不是野猪！你们是家猪！""小猴子"嘴里哼哼唧唧地唱着，好像是提醒它们，又好像在为自己壮胆。然后，在指导员的引导下，敲着脸盆，把这两个家伙引进了三米深的菜窖里。进得菜窖，将脸盆一扔，趁这两个家伙吃食的当儿，"小猴子"便飞也似的从菜窖的长长的甬道钻了出来，然后，我们迅速地用圆木把甬道口堵死。

两个家伙在菜窖里愤怒地吼叫起来，但是已经无济于事了。

它们成了边防站的囚徒。

更大的事情在第二天发生。

第二天是"八一"前一天。上午,我们全站人员正在小饭堂里听副站长的战备动员。突然,"小猴子"赤红着脸,闯进饭堂,高叫着:"野猪!野猪!好多的野猪!"一副失魂落魄的样子。

我们透过门缝和窗户玻璃往外看,大家都惊呆了。只见一平方公里方圆的院子里,几乎挤满了野猪。野猪有的极大,像现在被关在菜窖里那两只一样的个头,有的稍小一些,不过也够大的,还有的是小猪,黑不溜秋的,四处乱窜。这些野猪,有的是白颜色,像那两头一样,有的是一半白毛一半黑毛的,还有的是纯黑色的。好在因为这时是正作战备动员,大家都是荷枪实弹,所以,现在能做的事情,就是一边射击着,一边向外冲了。

我们先趴在窗户上和门槛上,向外射击了一通,这样打死了一些野猪。听到枪声,同时看到有同伴倒下,并且有血液喷涌而出,院子里的野猪们惊骇起来和愤怒起来。它们开始在院子里拼命地奔跑。院子有一圈黑色的碱土围墙,它们便挤挤涌涌,沿着围墙内侧在院内兜圈子。那情形,好像挤挤涌涌的马拉松一样。它们在奔跑中,身子只轻轻一挤,院子里栽的树就"啪嚓"一声倒下了。它们还不时地露出獠牙,并且发出震耳欲聋的恐吓声。

后来我们冲到了屋外,趴在院子里继续射击。这时副站长指了指菜窖方向,让我看。菜窖在围墙外面,正东方向。我一看,只见几米高的菜窖顶上,站满了野猪。

它们都是些大家伙,此刻,它们正怒吼着,从菜窖的透气孔里往下看,而菜窖里被囚的那两头母野猪,也在低低地哀鸣着。这样我们明白了,事出有因,原来今天这一场惊吓,是这两个家伙招来的。

菜窖成了重点。现在我们调转枪口,开始朝菜窖顶上射击。在此之前,我手中的半自动步枪,虽然也射中过几次野猪,但都没有将野猪打死。我的一枪,射在野猪高耸的鬃毛上,另一枪,射在野猪的肚皮上。

这样中枪以后,野猪们继续跑,丝毫没有感觉。现在,射菜窖顶上这些大野猪时,我学乖了,一是瞄准野猪前胛子上面的部位打,那里是心脏;一是将子弹换成顶尖上涂着红颜色的穿甲弹。

　　穿甲弹可以穿透十公分的坦克钢板，那野猪的皮再厚，也是可以穿透的。我先瞄准站在菜窖边沿的一头野猪，一枪打去，野猪从菜窖上栽了下来。接下来，我瞅见一头更大的公野猪，正在透气孔上向下张望着，一副钟情的样子，我瞄了几瞄，一狠心，扣动了扳机。

　　最后，当这群野猪逃跑时，在追赶的途中，我又射杀了一头小野猪。小野猪没有立即就死，而是伸出獠牙，向我扑来，于是我端起刺刀，又补了它一刺刀。

　　这样，我那天一共杀死了三头野猪。

告别骑兵连

骑兵部队是在 1975 年邓小平复出之后的第一次大裁军中被撤销的。

撤销的原因很简单。骑兵这个兵种,已经不适应于现代化战争的需要了,还有就是军费方面的原因。

一匹服现役的军马,它一年下拨的军费,相当于三名普通士兵的军费。

我在中篇小说《马镫革》中,曾经描写了最后一支骑兵作战部队覆灭时的情景。我说,那一刻整个盐池草原笼罩在一层沮丧的、悲哀的气氛中,马儿在马厩里似乎已经有所预感,它们躁动不安、长一声短一声地发出阵阵嘶鸣,散落在草原上的那些低矮的白房子里,骑兵们像被开水浇了窝的蚂蚁一样,进进出出，哭丧着脸。

连长说："最后一次骑上我们的无言战友，再来一次李向阳过草滩吧！"

于是从马厩里牵出自己的马，给它戴了马嚼子，配上鞍子，我们便翻身上马。

积雪的草原像一张白色的裹尸单。骑兵像决堤的水一样在草原上狂奔，马蹄扬起的积雪把大地搅得灰蒙蒙的。平日，我们是爱惜自己的马的，在草原上轻易不让它这样亡命般地狂奔。因为马是一种高贵的动物，在奔驰中它从来不知道自行停止，如果骑手不勒住马嚼子，它就会奔跑到口吐白沫，直到倒地而死。

"呜号！呜号！"我们呐喊着。马刀在空中做着各种劈杀的动作，或者倒拖着马刀从地面上一路扫过。在我们身后，那些草原的植物——刺棵子、芨芨草纷纷扑倒。而在刺棵子里做窝的云雀，惊惶地飞向天空。天空中，阿尔泰山的鹰隼，吃惊地长唳着，注视着这一幕。

最后，我们回到了营区，翻身下马，湿漉漉的人和湿漉漉的马，站成一排。

队列前,指导员说:"平日,我不要你们贪公家的小便宜,将这马镫革系在腰上做腰带。现在,这马具反正要上缴,为了纪念你们的马背生涯,我同意你们从自己的马鞍上,卸下一条镫带。"

这样,队列中的我也从自己的马鞍上卸下来一条,系在腰里,然后一直将这马镫革用到今天。

这支部队后来经过改编以后,成为一个步兵团,开往距盐池草原不远的一个更为边远的县城驻防。

2000年,我这个老兵曾经重返那里。这支部队认为当年那撤销了的骑二团是他们的前身。年轻的团长正是我离开时来的新兵,他要我为团史馆写一个馆名。这样,当我走进团史馆的时候,便看到了当年参谋手中那些不知如何处理的锦旗。在那一刻,我双目潮湿,继而热泪涟涟。

侯老大烤肉

我把天底下的羊肉串吃遍了,最好吃的是我的战友侯老大的烤肉。

我们是一茬兵。20世纪70年代初,一批从陕西农村招来的新兵,被一列火车拉了,开往中苏中蒙边界。这列车里,就有我和老侯:我是临潼人,侯老大是合阳人,家乡相隔有二百公里。新兵连训练结束后,我分到三连,也就是驻守在额尔齐斯河边的一个边防站;他则分到五连,也就是驻守在友谊峰下喀纳斯湖边的那个边防站。

我一直没有挪窝,老侯则后来被抽到营部去做饭。据说他在营部做饭时,对政委有意见,打饭时,一勺子打落了政委手中的碟子。这样,老侯又从营部下放到我们三连来。

老侯在四班，我在三班。那时边防站修地道。这里是古尔班通古特大沙漠北缘，所谓修地道，是先将沙漠刨开，在地底下用水泥箍成窑洞那样的洞子，上面再用沙子堆成小山。工程量很大，我们修的地道有几华里，整整围了边防站一圈。这工程，老侯可是把力气出了。

后来总结时，指导员找我谈话说："三班长，给你们排一个三等功名额，你看给你好呢，还是给侯存生？"我说给老侯吧！不给他，我心里过意不去。五年以后，我们又坐同一辆车，回到了家乡。

大部分的战友都在农村，他们如今弯腰驼背，都成了老汉了。小部分的在西安城里，除了几个在部队上提干，现在回来依然当个小科长的以外，城里的，剩下的也都几乎下岗了。在这座城市里，没有人知道他们是谁，他们还有那样一段过去。

1993年夏天，我在西安钟楼下签名售书，后边一个人一直给我递烟。我手忙脚乱地光顾签名，也没看这人是谁。后来那人笑起来，我扭头一看，依稀相识，这人是老段，我的另一个战友。我对老段说，有个老侯，可能也在西安工作，你给咱们找一找。这老段后来竟然把老侯找着了。

说起来也是奇遇，老段到一个大澡堂子里去冲澡，水雾朦胧，水声哗哗中，听见有人在吹牛，说边防上的事情。老段说："说话的人莫非是侯存生？"老侯说："问话的人莫非是段慧来？"于是，两个赤裸着身子的人抱在一起哭了。

老侯的际遇也不好。先找了个老婆，死了，给他留下个女儿。后来再婚，再婚的妻子也带来了个孩子。这样，如今就成了四口之家。他工作的工厂也不景气，基本处于半破产状态。所以老侯一边吊吊搭搭地上班，一边在工厂门口摆了个烤肉摊。

老侯人实在。他的烤肉，肉是最好的。每天早晨六点钟，他先骑上车子，到市场上去买肉。最好的肉是里脊肉，而里脊肉一头牛身上只有一点儿。老侯把市场上所有的里脊肉都买来了，回到家里，他去上班，老婆开始串肉。下午五点，他下班回来，用一辆三轮车拉上烤肉工具，开始出摊。

老侯的烤肉，分量也几乎比别处大一倍，加之他又自制了一种酱，当肉块烤熟的时候，酱往上一抹，黑红麻辣，香味扑鼻。

老侯的烤肉在这一带出了名，他烤箱前的长凳上，人常是满满的。许多西安市的时髦姑娘，还不时打的到他这里吃烤肉。老侯的生意好，把别的烤肉摊挤得没有生意。

为此,别的烤肉摊时常寻事,和他老婆打架,打得头破血流的。有一次,我还给派出所所长说了说,让他多关照我这战友。所长说,别的烤肉摊也要活呀,对你战友说,理解万岁!

还有一次,西安市举行市容大检查,这条街上不让摆点。警车呜呜地叫着,男男女女下来一堆人,停在老侯的烤肉摊前。老侯只得把小凳翻过来,四脚朝天放在桌子上,自己则阴沉着个脸,两个胳膊搂在胸前,蹲在地上发愣。我对市容的人说:"我这战友,当年在中苏边界武装冲突中立过功,你千万不要惹他。"市容走了以后,老侯的烤肉摊又开张了。

去年,先是转业,后来又退休了的指导员,来西安旅游。我们几个人把指导员接了,直接奔老侯的烤肉摊。喝着啤酒,吃着烤肉,说着当年中苏边界上的事情。在烟雾缭绕中,我们那天晚上说了很多的话。

一人一个活法。老侯的烤肉摊开了十年了。他说当初工厂不景气时,为了养家糊口,他干过许多事,后来,终于落脚到这烤肉上。我估计,他这几年还是挣了点儿钱的。据说,他给女儿买了一套房子,现在又准备等钱凑够了,给妻子带来的这个孩子也买一套。他还常常说他有一个梦想,想买辆出租车来开。我说你把脚蜷了吧，你又不会开车。

我们几个战友，互相访问着了以后，便常常到老侯的烤肉摊前去吃烤肉。我关于战友华侨老梁的故事，关于"白房子"争议地区重新回到中国的故事，关于天南海北的退伍战友们的消息等等，就是在烤肉摊前听说的。

也许，我们这几个居住在西安的老兵，将在这个烤肉摊前絮絮叨叨地度过自己的晚年吧。不过我们拉话时，老侯不能参与进来，因为他要烤肉。如果换了他老婆坐在烤肉炉子前，生意马上就不好了，人们会喊："侯老大哪里去了？"于是，老侯赶紧站起来，猫着腰，又回到烟火缭绕的烤炉前。

我给老侯写了块招牌叫"新疆退伍老兵侯老大烤羊肉串"。另外几个战友，又把这招牌，用木板刻了，挂在老侯的摊子前那棵大柳树上。

每当夜幕降临时，这座古城的大街小巷便有许多烤肉摊出现，它们成为这座城市的一部分。这些烤肉的人，每个人大约都有他们自己的故事，而我上面所说的只是其中的一个故事。

永恒的女性引领人类

"永恒的女性,引领人类飞升。"这句话,但丁第一次说出,歌德第二次说出,托马斯·哈代第三次说出,今天容我老高第四次说出,说给我们平凡而伟大的女性听。

20世纪70年代初,我在中苏边界一个荒凉偏僻的边防站服役。五年中,我们那个边防站只来过一次女人,那就是兵团农十师演出队。

记得,演出队有一个十分漂亮的姑娘,身材瘦瘦的,脸白白的,下巴尖尖的,一句话吧,她长得很像张柏芝。有三个细节,给人留下的印象最深。一个是,演出队的七个姑娘,唱一个女声小合唱叫《布伦托海打渔归来》,她站在前面领唱,腰肢一摆一摆,手指一撩一撩,做划船的动作,把这些可怜的大兵都看呆了。

第二个是，晚上吃饭的时候，副连长恶作剧，让炊事员盛了满满的、尖尖的一大洋瓷碗米饭，端给这姑娘，想看这姑娘吃不完出洋相。谁知，这姑娘端起碗来，眼睛一眨不眨，一口气把这一大碗饭吃完了，这叫大家都很吃惊——那时都饿呀，尤其是兵团的人。

第三个细节则是，吃罢饭以后，演出队休息，他们将在边防站住一夜，第二天早晨离开。而我们则腾出自己的床铺，让演员们住，女演员的门口，还加了双岗。这时三班长端着个盆子，赤红着脸，去给女演员送洗脚水。

大家说他满脸红疙瘩，太难看了，别把人家吓着，还是让高建群去送吧。三班长"哼"了一声，还是敲门去送了。副连长也耍点儿小特权，他手里拿了副扑克，也敲门进去，在熄灯之前，和姑娘们玩了一阵扑克牌。

那时新疆一带流行的打法叫打"五十K"。打着打着，天热，副连长就把帽子卸了。后来，熄灯前，副连长要走，怎么也找不着帽子。那位我们前面谈到的小姑娘坐在那里，副连长明白，帽子在她的屁股底下，于是想叫那姑娘站起来。

话刚出口，突然，另外的几位姑娘一齐叫起来："你快走，首长，她'来'了！"副连长刚走，门"砰"的一声关住，几位姑娘在屋子里笑得弯了腰。那时单军帽很流行，兵团人是农工，他们也很稀罕这个。

记得那天夜里，对面边境线外枪炮声大作，照明弹、穿甲弹、曳光弹、信号弹打得夜空五颜六色。第二天早晨，一辆马车载着演出队走了。临行前，大家列队和演出队握手告别。那些老兵在握手的时候，使劲地用指甲抠那姑娘的手心，抠得姑娘眼泪汪汪的。

三十年后，也就是2003年，我重返阿勒泰。这次，我专门来到农十师所在地北屯市，逢人就说当年那些事情，试图找到那个梦一样的姑娘。后来，人们告诉我，那姑娘叫张润香，是山东的支边青年。

我问她现在在哪里，我想去看一眼。人们说，她调到"十三连"去了。十三连在哪里呢？原来，十三连是墓地。一个团通常有十二个连队，所以，人们把死去的人说成是调到"十三连"去了。

姑娘是在1986年的一次车祸中死去的。这样，我来到戈壁滩一座荒凉空旷的墓地上,折来一束红柳花穗为她献上。

那一刻我在心里说:好姑娘,你大约只是把那次演出当作寻常的慰问演出,但是,你不知道,你给我们这些士兵留下了怎样的印象呀!

荒原童话

三十多年前，在新疆阿勒泰草原，我巡逻路经一个兵团村庄时，从一个简陋的土坯房里传出一声婴儿的啼哭。一个可敬的小生命在这块遥远的荒原上诞生了。

那是中苏边界最黑暗的一个时期。自珍宝岛事件、铁列克提事件以后，中苏交恶，边界一线，笼罩在一片死亡恐怖的气氛中。面对一触即发的战争，我们边防站的士兵，任务很明确，那就是战争一旦开始，我们将成为第一批牺牲者，或者换言之，成为炮灰，然后用我们的牺牲换取后方的战备动员时间。

兵团人呢？兵团的那些老男人们，从马车上卸下来那些腰身已经变硬了的老马，骑上它，挎上老式的冲锋枪，身上穿着不同年代的各色破旧军装，然后彻日彻夜地在这界河边巡逻。

兵团的女人们则将这土坯房里一点儿简陋的东西，能带走的，包在一个大包袱里，然后将这包袱放在门口，女主人则坐在这包袱上，准备随时往门口外跑。那些带不走的东西，比如说手摇缝纫机，则用十五块钱的价格，卖给当地的牧民。

我们是士兵，是在某一个冬天的早晨，被先是汽车，再是火车，再是汽车，再是爬犁子，从遥远的内地的某一个村庄，拉到这里来的，这叫服役，或者说叫义务兵。那么，这些边境线上的兵团人是怎么来的呢？

事情得从1962年伊犁事件说起。那时，有六万多名边民，赶着牛羊越过界河，跑往苏联境内。这些兵团人最初是驻防在边境线纵深二三百公里的地方的。这一天，他们接到紧急命令，说要去执行一次紧急任务，时间半个月，然后每人领了一支步枪、五十发子弹、四颗手榴弹、一只干粮袋。这样他们就被装上了汽车，运到边界线上。

他们跳下汽车，要做的第一件事情，是顺着中苏边界四千多公里漫长边境，人挨人，手拉手，站成一排，阻挡那些潮水一般涌出的边民。这件事情做完了，边陲暂时安定了。要做的第二件事情则是就地建起村庄，开始他们一手拿枪、一手拿镰的生活。

这样他们十五天的紧急任务,便变成永生的苦役。他们从原居住地接来家属,他们用这古尔班通古特大沙漠北缘的碱土打成土坯、盖起房屋,他们将眼前这一望无际的戈壁滩一步步地变成条田,让这条田里生长春小麦和梵高式的铺天盖地的向日葵。

记得,我大约是从条田里,采了一颗很小很小的向日葵花盘,循着这婴儿的哭声,策着马来到这土坯房前,将那束小小的花盘塞进杨木门门闩的那个扣眼里。我这样为在这个时候出生的小生命献上我的祝福和我的感动。

当然也许不是向日葵,而是红柳。沙包子上,刚刚经了一场雨,一束红柳枯枝突然生出了粉红色的花。那花像血的颜色。我记得或许是折了一枝它吧。

三十年后,在古城西安,我见到了当年在土坯房里出生的小姑娘。关于土坯房,关于葵花地和红柳沙包子,关于那天高地远世界荒凉一角无奈的兵团村庄,关于中国的最后一支骑兵部队以及我胯下的那匹马……当这些话题谈完以后,我肯定地判断,眼前的这个都市白领丽人,就是当年那土坯房中啼哭的婴儿呀!

　　我在那一刻感动极了。我流下了眼泪。为这位姑娘,也为如今日见苍老的我。望着她,我说,光为了你当年那平安地降生,我那爬冰卧雪的白房子岁月也是值得的呀!